毕飞宇文集

A ROOM OF WORDS

写满字的空间

毕飞宇

著

人民文学出版社

图书在版编目（CIP）数据

写满字的空间/毕飞宇著. —北京：人民文学出版社，2022
（毕飞宇文集）
ISBN 978-7-02-016862-0

Ⅰ.①写… Ⅱ.①毕… Ⅲ.①散文集—中国—当代 Ⅳ.①I267

中国版本图书馆 CIP 数据核字（2021）第 259574 号

责任编辑　赵　萍
装帧设计　陶　雷
责任印制　王重艺

出版发行　人民文学出版社
社　　址　北京市朝内大街 166 号
邮政编码　100705

印　　刷　北京盛通印刷股份有限公司
经　　销　全国新华书店等

字　　数　135 千字
开　　本　880 毫米×1230 毫米　1/32
印　　张　6.75　插页 1
版　　次　2015 年 6 月北京第 1 版
印　　次　2022 年 2 月第 1 次印刷

书　　号　978-7-02-016862-0
定　　价　52.00 元

如有印装质量问题，请与本社图书销售中心调换。电话:010-65233595

新 版 序

　　人民文学出版社版的《毕飞宇文集》初版于 2015 年。感谢人民文学出版社对我的厚爱,2020 年,他们打算做一些订正和增补,给读者朋友们送去一个更好的新版。但 2020 年是特殊的,许多事情都在 2020 年改变了它的轨迹,一套文集实在也算不了什么。

　　现在是 2021 年的秋天,感谢人民文学出版社;感谢读者朋友。除了感谢,我特别想在这里留下这样的一句话:2020 年,2021 年,它们是那样深刻地留在了我的记忆里。

毕飞宇
2021 年 9 月 17 号于南京龙江

序

　　这套文集收录了我从 1991 年至 2013 年之间的小说，是绝大部分，不是全部。事实上，早在 2003 年和 2009 年，江苏文艺出版社和上海文艺出版社就分别出版过我的文集。江苏文艺的是四卷本；上海文艺的是七卷本；此次人民文学出版社出版的这套文集则有九卷。递进的数据附带着也说明了一件事，我还是努力的。

　　我曾经说过这样的话：小说不是逻辑，但是，小说与小说的关系里头有逻辑，它可以清晰地呈现出一个作家精神上的走向。现在我想再补充一句，在我看来，这个走向有时候比所谓的"成名作"和"代表作"更能体现一个作家的意义。

　　感谢人民文学出版社，他们愿意为我再做一次阶段性的小结。老实说，和前两次稍有不同，这一次我有些惶恐。写作的时间越长，我所说的那个走向就越发地清晰，——我的写作是有意义的么？——它到底又有多大的意义呢？

　　我写小说已经近三十年了，别误会，我不想喟叹。我只是清楚了一件事，以我现在的年纪，我不可能再去做别的什么事情了，也做不来了。我只能写一辈子。说白了，我只能虚构一辈子。可再怎么虚构，我还是有一个基本的愿望，我精神上的走向不是虚构的，我渴望它能成为有意义的存在。

毕飞宇

2014 年 6 月 7 日于南京龙江

目　录

I

II

III

I

三十以前

我生于一九六四年的一月,但具体到日子则不能肯定。大致在二十四日前后。我们这一茬人,来到这个世上本来就不是欢天喜地的事,没有必要仔仔细细去纪念。但生日我总是过,就在二十四日。

我的童年在乡村。少年时代搬到了水乡小镇。青春期回到了县城。大学就读于扬州,毕业后"分"到了南京。活到现在,能说的好像也就这么多。

我的童年过得还好。没有挨过真正的饥饿。但我的童年也出了一些问题,最大的敌人就是时间。我害怕过不完的夏季午后,害怕没完没了的夏日黄昏。没有人和我一起玩,我唯一能做的事就是沿着每一家屋后的阴凉游荡,然后再沿着每一家屋前的阴凉游荡。游荡完了,学校的操场上还是有一大块金色阳光。我写过一个中篇,叫《大热天》,写过一个《过不完的夏季》,写过一个《明天遥遥无期》。当初用这些题目都是无意而为的,或者说言不在此。但回过头来看看,总能看见夏日时分留给我的最初畏惧与最初忧虑。我童年里最大的盼望就是明天。而明天空空荡荡,只能又是下一个明天。这是典型的动物生态:活着的目标直接是活着。我的童年游移在夏日阴影中,忧郁与白日梦盈溢了我的人之初,盈溢了我的童年黄昏。好在时间这东西自己会过去,要不然,真有些麻烦。

少年时代我的父母调到了一座水乡小镇。这个镇被两块湖面夹在中间,春夏秋冬都有与乡野不同的风景。这里最著名的东西是船,几乎家家都有。每家每户的事情都在水面上漂漂浮浮。应当说,这个水乡小镇有一种明丽的格调,但我的印象中,总有一股脱不掉的阴森。那些石板小巷又深又窄,那些小阁楼又灰又暗。我的眼睛是在乡下成长起来的,习惯了在平坦与辽阔中自由自在,但小镇使我的张望有了阻隔,前后左右都是青灰色墙壁。我站在石板巷里,贴着墙,一家又一家婚丧嫁娶从我的鼻尖底下经过,从小巷的这头到那头,或者说,从小巷的那头到这头。那些小巷子总是很弯,几乎找不到十米以上的直线。长大后我当然明白,宽敞与笔直原本是大都市气派,小乡镇是不可能有那种格局的。但弯弯曲曲带来了视觉难度,带来了观察障碍,所以小镇在我的记忆中永远有一种神秘,有一种隔雾看花的恍如梦寐。它像水的平面,没有来龙去脉,没有因果关联。我承认,我这个外乡客做得有点吃力,活得远不如在乡野时实在透明。小镇上有许多空宅,有许多终年紧闭的阁楼,它们一律长满了绿色青苔与灰色瓦花。那些建筑与植物成了我少年记忆的背景。那个水乡小镇弥漫了一股鬼气,它们至今萦绕在我的梦里。

我们家在父亲平反后回到了县城。这里是我父亲的故乡,我就从那时起做了故乡的游子。我不会说城里话,没有亲戚与朋友。我开始写作就在这个时候。我收到大城市寄来的退稿也就在这个时候。退稿让我难为情，又让我有一种莫名其妙的兴奋。我一次又一次被"外面的"世界所拒绝，一次又一次与外面的世界产生了联系与交流。这里有一种极复杂、极纷乱同时又极蠢蠢欲动的青春期情怀。我至今缅怀那些孤寂的日子。我坚信那时候我比现在更有资格做一个作家。

我在扬州师范学校读书是一九八三年至一九八七年这四年。这是所有中国人的大好时光。空气中到处是青草气味。我努力用功地改变自己就是从这时开始的。我拼命读书，到处大声说话，人也变得活泼开朗。真是换了一个人。我记得第一次从扬州到南京去玩的那个下午。为了看火车，我从扬州绕道镇江，再从镇江取道坐火车去南京。我记得火车向我呼啸而来的那个伟大时刻，我二十岁时第一次看见火车激动得几乎流泪。但我不敢流露这种激动。我站在月台上，感受到火车给我带来的迎面风，一上车我就写了一首诗，把好多东西赞美了一通，末尾把祖国还带了进去。那时候真是疯了，眼里的东西什么都好。我就这么瞎激动了四年，毕业的时候头发也长了，胡子也拉碴了。

后来我就到南京做了一名教师，再后来我又到《南京日报》去了。我一点也没有想到，都三十岁了。看看旧时的相片，不像自己，照照镜子，也不像自己。

我家的猫和老鼠

我有两个姐姐，大姐长我六岁，而二姐只比我大一岁半。我们是在无休无止的吵闹和绵延不断的争斗当中长大成人的，假使允许我夸张一点，我想说，我们姐弟三个就是鼎立的三国，在交战的同时我们不停地结盟、宣战，宣战、结盟。真是天下大事，分久必合，合久必分。当然了，我们的"分合"都是以小时作为时间单位的。上午我刚刚和我的二姐同仇敌忾，一起讨伐我的大姐，而午饭过后，一切都好好的，我的二姐却和大姐突然就结成了统一战线，不声不响地向她们的弟弟宣战了。

总体说来，她们联合起来对付我的时候要多一些，因为父母多少有些偏心，对我格外好一些。这个我是知道的，在事态扩大，弄到父母那里"评理"的时候，我的父母虽说各打五十大板，但板子里头就有了轻与重的分别。比方说，在严厉地批评了我们过后，我的母亲总要教导我的两个姐姐："他比你们小哎，让着一点哎。"对我就不一样了，母亲说："下次不许这样了。"口气虽然凶，但说的是"下次"，"这一次"呢，当然就算了。事情到此结束。这在我是非常合算的买卖，因为"下次"是无穷无尽的。假如我的两个姐姐联起手来和我作对，在多数情况下，她们差不多就是那个叫"汤姆"的猫，而我则是老鼠"杰瑞"。我们家几乎每天都有美国卡通《猫和老鼠》式的战事，一姐一妹气势汹汹的，占尽了优势，恨不得一脚就把她们的弟弟踢到太平洋里去，然而，到后来吃尽苦头的始终是她们。

我们为什么吵呢？为什么斗呢？不为什么。倘若一定要找一个最符合逻辑的理由，那只能是为吵而吵，为斗而斗。举一个例子吧，比方说，现在正在吃饭，我和我的二姐坐一条凳子上，不声不响地扒饭，这样的饭吃起来就有点无趣。为了打破这种沉闷的局面，在我的二姐伸筷子去夹咸菜的时候，我会用我的筷子把她的筷子夹住，二姐不动声色，突然抽出筷子又夹我的。噼噼啪啪的战争就这样开始了。母亲突然干咳一声，一切又安静了。所争夺的咸菜到底被谁夹走，这个问题并不重要，重要的是母亲的那一声干咳究竟落在哪一个节拍上，这全靠你的运气，有点像击鼓传花。如果咸菜归我，即使我并不想吃，我也会像叼着了天鹅肉，嚼得吧唧吧唧的，二姐的脸上就会有一脸的挫败。反过来，二姐要是赢了，她会把咸菜含在嘴里，默无声息地望着屋梁，那是胜利的眼神，赢了的眼神，内中的自鸣得意是不必说的。

我们姐弟三个现在都是人到中年，我长年在外，节日里偶尔团聚，我们谈得最多的恰恰是少儿时期的战争往事，谈起来就笑声不断，这一点是我们始料不及的。有一次我把话题转了，说起了我姐姐对我的好处来：我六岁的那一年得了肾炎，不能走动，每天都由我的父亲背到五六里远的彭家庄去，注射青霉素和庆大霉素。有一次是我的大姐背我去的，那时候她其实也只是一个十二岁的孩子，又瘦又小。她在那个晴朗的冬日背着我，步行了十多里地。快到家的时候大姐终于支持不住了,腿一软,姐弟两个顺着大堤的陡坡一直滚到了河边。我并没有摔着,反而开心极了,大姐满头满脸都是汗,她惊慌地拉起我。第一句话就是:"不能告诉爸妈。"这件事都过去了三十年了,可它时不时会窜到我的脑子里来。出乎我意料的是,随着年纪的增大,我回忆起来一次就感动一次。大姐十二岁,冬天一头的汗,惊恐的眼神——我不知道我为什么在人到中年之后反而为这件事伤恸不已。那一回过年我说起了这件事,我并没有说完,大姐的眼眶突然红了,说:"多少年了,怎么说这个的,你怎么还记得这个的。"大姐显然也记得的,不然她不会那样。她把话题重又拉回到吵闹的事情上去了。

所有的兄弟姐妹都在童年与少年时代吵闹,也许成年了之后还要继续。其实,这样的吵闹本身就设置了一个温暖的前提:我们能够,我们可以。我们幼小的内心世界也许就是在一次又一次的打斗中拓宽开来的,丰富起来的。时过境迁之后,我们意外地发现,兄弟姐妹之间的许多东西也许并不能构成我们的日常生活,它反而是隐匿的,疏于表达的。然而,它却格外地切肤,有一种打断骨头连着筋的牵扯。美国人通过《猫和老鼠》的卡通形象向全世界的少儿表达了这样一种典范人生:打吧,吵吧,闹吧,可你们永远是兄弟,永远是姐妹——你们永远不能生活在一起,但你们谁也不能离开谁。

我的儿子最喜欢我的侄女,他们玩在一起的时候几乎就是猫和老鼠,不是追逐,就是打闹。可是,他们毕竟天各一方。在他的姐姐和他说再见的时候,他漆黑的瞳孔是多么孤独,多么忧伤。我多么希望能做我儿子的好兄弟,和他争抢一块饼干、一个角落与一支蜡笔。但我的儿子显得相当勉强,因为他的爸爸后背上都竖起鸡皮疙瘩了,就是学不像一个孩子。

歌唱生涯

是哪根筋搭错了呢？一九九〇年，我突然迷上唱歌了。

一九九〇总是特殊的，迷惘突然而至，而我对我的写作似乎也失去了信心。可我才二十六岁，太年轻了，总得做点什么。就在那样的迷惘里，我所供职的学校突然搞了一次文艺汇演，汇演行将结束的时候，我的同事，女高音王学敏老师，她上台了。她演唱的是《美丽的西班牙女郎》。她一开腔就把我吓坏了，这哪里还是我熟悉的那个王学敏呢？礼堂因为她的嗓音无缘无故地恢宏了，她无孔不入，到处都是她。作为一个没有见过世面的乡下人，我得承认，这是第一次在现场听到所谓的"美声"，我不相信人类可以有这样的嗓音，想都不敢想。

我想我已经蠢蠢欲动了。大约过了一个星期，我悄悄来到了南京艺术学院，我想再考一次大学，专业就是声乐。我想让我的青春重来一遍。说明情况之后，南艺的老师告诉我，你这样的情况不能再考了。我不死心，又来到了南京师范大学的音乐系，得到的回答几乎一样。我至今都能记得那个阴冷的下午，我站在南京师范大学东门的草坪上，音乐系的琴房离我并不遥远，不时飘过来一两句歌声。那些歌声像飞镖一样，嗖嗖的，全部落在了我的身上。我一边流血一边游荡,我喑哑的一生就这样完蛋了。

可我并没有死心。终于有那么一天,我推开了王学敏老师的琴房。王学敏老师很吃惊,她没有料到一个教中文的青年教师会出现在她的琴房里,客气得不得了,还"请坐"。我没有坐,也没有绕弯子,直接说出了我的心思,我想做她的学生。

我至今还记得王学敏老师的表情,那可是一九九○年,学唱歌毫无"用处",几乎吃不上饭。要知道,"电视选秀"还要等到十五年之后呢。她问我"为什么",老实说,我答不上来。

如果一定要问为什么,我只能说,在二十岁之前,许多人都会经历四个梦:一是绘画的梦,你想画;一是歌唱的梦,你想唱;一是文学的梦,你想写;另一个则是哲学的梦,你要想。这些梦会出现在不同的年龄段里,每一个段落都很折磨人。我在童年时代特别梦想画画,因为实在没有条件,这个梦只能自生自灭;到了少年时代,我又渴望起音乐来了,可一个乡下孩子能向谁学呢?又到哪里学呢?做一个乡下的孩子没有什么可抱怨的,然而,如果你有过于亢奋的学习欲望,你的求知欲只能是盛夏里的狗舌头——伸出你的舌苔,空空荡荡。

谢天谢地,王学敏老师还是收下我了。她打开她的钢琴,用她的指尖戳了戳中央 C,是 1,让我唱。说出来真是丢人,我不知道这意味着什么,更别说怎么唱了。王老师对我失望之极,她的眼神和表情都很伤我的自尊。古人说"不耻下问",是这样的。

声乐最重要的一件事是"打开",所谓打开,你必须借助于你的腹式呼吸,——只有这样你的气息才有力量。王老师告诉我,婴儿在号哭的时候用的就是腹式呼吸,狗在狂吠的时候也是这样。但人类文明的进程就是一个节省体力的过程,因为"说话",人类的发音机制慢慢地改变了,胸腔呼吸慢慢畅通了,腹式呼吸却一点一点闭合了。这是对的,想想看,两个外交官一见面,彼此像狗一样号叫,那成什么样子?高级的对话必须轻声细语的,"见到你很高兴","见到你我也很高兴",这才像样。——"汪!",——"汪汪!"什么也谈不成的。唉,这就是"做人"的代价,像甘蔗,长得越高越没滋味。

可我已经用胸腔呼吸了二十六年了,要改变一个延续了二十六年的生理习惯,这实在不是一件容易的事。王老师不厌其烦,一天又一天,一个星期又一个星期,她一遍又一遍地给我示范,我就是做不到。王老师也有按捺不住的时候,发脾气,她会像训斥学生那样拉下脸来。我自己也知道的,我早就过了学声乐的年纪了,是我自己要学的,人家也没有逼我,除了厚着脸皮,我又能有什么办法?

每天起床之后,依照老师的要求,我都要做一道功课,把脖子仰起来,唱"泡泡音"。——这是放松喉头的有效方法。除了唱"泡泡音",放松喉头最有效的方法是什么呢?睡眠。可是,因为写作,我每天都在熬夜。王老师不允许我熬夜,我大大咧咧地说:"没有哇。"王学敏把她的两只巴掌丢在琴键上,"咚"地就是一下。王老师厉声说:"再熬夜你就别学!"后来我知道了,谎言毫无意义,一开口老师就知道了,我的气息在那儿呢。我说,我会尽可能调整好。——我能放弃我的写作么?不能。这件事让我苦不堪言。

如果有人问我,你所做过的最为枯燥的一件事情是什么,我的回答无疑是练声。"练声",听上去多么优雅,可文艺了,可有"范儿"了,还浪漫呢。可说白了,它就是一简单的体力活。就两件事:咪,嘛。你总共只有两个楼梯,沿着"咪"爬上去、爬下来,再沿着"嘛"爬上去、爬下来。咪、咪、咪、嘛、嘛、嘛;咪——,嘛——;咪——嘛——。还挨骂。我这是干什么呢?我这是发什么癔症呢?回想起来,我只能说,单纯的爱就是这样,投入,忘我,没有半点功利,就是发癔症。

王学敏老师煞费苦心了。她告诉我,"气"不能与喉管摩擦,必须自然而然地从喉管里"流淌"出来。她打开了热水瓶的塞子,她让我盯着瓶口的热气,看,天天盯着看。为了演示"把横膈膜拉上去",她找来了一只碗,放在水里,再把碗倒过来,让我往上"拉",这里头有一种等量的、矛盾的力量,往上"拉"的力量越大,往下"拽"的力量就越大。是的,艺术就是这样,向上取决于向下。上扬的力量有多大,下沉的力量就有多大。老实说,就单纯的理解而言,这些都好懂。我能懂。我甚至想说,有关艺术的一切问题都不复杂,都"好懂"——这就构成了艺术内部最大的隐秘:在"知识"和"实践"之间,在"知道"和"做到"之间,有一个神秘的距离。有时候,它是零距离的;有时候呢,它足以放得进一个太平洋。

小半年就这样过去了,我还是没有能够"打开"。我该死的声音怎么就打不开呢?用王老师的话说,我的声音"站不起来"。突然有那么一天,在一个刹那里头,我想我有些走神了,我的喉头正处在什么位置上呢？王老师突然大喊了一声："对了对了，对了对了！"我吓了一跳，怎么就"对了"的呢？再试，又"不对"了。

按照王老师的说法，有一件事情是毫无疑义的，二十六年前，当我第一次号哭的时候，我的声音原本是"打开"的，而现在，我在琴房里，一遍又一遍地，我所寻找的无非是我身体内部的那一条"狗"。我们身体的内部还有什么？谁能告诉我？

哪有不急躁的初学者呢。初学者都有一个不好的心态，不会走就想跑。我给王老师提出了一个要求，想向她学唱"曲子"。王老师一口回绝了。根据我的特殊情况，王老师说："先打两年的基础再说。"这句话让我很绝望，我是学唱歌来的，一天到晚"咪咪咪嘛嘛嘛"，那要等到什么时候？夜深人静的时候，我一个人来到了足球场。它是幽静的，漆黑、空旷，在等着我。我知道的，虽然空无一人，但它已然成了我的现场。我不夸张，就在这样一个漆黑而又空旷的舞台上，每个星期我至少要开三个演唱会。学生宿舍和教工宿舍离足球场不远，我想我的歌声是可以传过去的，因为他们的声音也可以传过来。传过来的声音是这样的——

"他妈的，别唱了！"

别唱？这怎么可能。唱过歌的人都知道一件事，唱得兴头头的，你让他不唱他就不唱了？开玩笑。告诉你，一个人一旦唱"开"了，那就算打了鸡血了，那就算铆足了发条了。刀架在脖子上都不眨眼的。士可辱，不可不唱。

可我毕竟又不是唱歌，那是断断续续的，每一个句子都要分成好几个段落，还重复，一重复就是几遍、十几遍。练习的人自己不觉得，听的人有多痛苦，不要想也知道的。不远处的宿舍一定被我折磨惨了——谁能受得了一个疯子深夜的骚扰呢？可有一个秘密他们一定不知道，那个疯子就是我。

事实上，我错了。这不是秘密。每个人都知道。老师们知道，同学们也知道。我问他们，你们是怎么知道的？一个来自湖北的女生告诉我，这有什么，大白天走路的时候你也会突然撂出一嗓子，谁不知道？就你自己不知道。

——"很吓人的毕老师。"

——"我们都叫你'百灵鸟'呢。"

我不怎么高兴。我这么一个成天板着面孔的人，怎么就成"百灵鸟"了呢？一天夜里我终于知道了。王学敏老师有一个保留节目，《我爱你，中国》，第一句就是难度很大的高音——"百灵鸟从蓝天飞过"。我也想学着唱。夜深人静，当我一遍又一遍地重复"百灵鸟"的时候，嗨，我可不就是一只百灵鸟么。

写到这里我其实有点不好意思，回过头来看，我真的有些疯魔。我一个当老师的，大白天和同学们一起走路，好好的，突然就来了一嗓子，无论如何这也不是一个恰当的行为。可我当时是不自觉的，说情不自禁也不为过。难怪不少学生很害怕我呢，除了课堂和操场，你根本不知道那个老师的下一个举动是什么，做学生的怎么能不害怕呢。我要是学生我也怕。

一年半之后，也就是一九九二年的十月，我离开了南京特殊师范学校，到《南京日报》去了。我的生活彻底改变了，我的歌唱生涯到此结束。我提了一点水果，去琴房看望我的王老师。

王老师有些失望。她自己也知道，她不可能把我培养成毕学敏的，但是，王老师说："可惜了，都有些样子了。"

前些日子，一个学生给我打来电话，我正在看一档选秀节目，附带着就说起了我年轻时候的事。学生问："如果你是这个时代的年轻人，你会不会去？"我说我会。学生很吃惊了，想不到他的"毕老师"也会这样"无聊"。这怎么就无聊了呢？这一点也不无聊。事情往往就是这样，不经历"难以自拔"的人永远也不能理解，有些人来到这个世界就是为了发出声音的。我喜爱那些参加选秀的年轻人，他们的偏执让我相信，生活有理由继续。我从不怀疑一部分人的功利心，可我更没有怀疑过发自内心的热爱。年轻的生命自有他动人的情态，沉溺，旁若无人，一点也不绝望，却更像在绝望里孤独地挣扎。

二十三年过去了，我再也没去王老师的琴房上过一堂声乐课。说到这里我必须老老实实地承认，我其实并没有学过声乐，充其量也就练过一年多的"咪"和"嘛"。因为长期熬夜，更因为无度吸烟，我的嗓子再也不能打开了。拳离了手，曲离了口，我不再是一条狗了，我又"成人"了。我的生命就此失去了一个异己的、亲切的局面。——那是我生命之树上曾经有过的枝丫，挺茂密的。王老师，是我亲手把它锯了，那里至今都还有一个碗大的疤。

我的野球史

南京河西的上新河地区,有一个楼盘,叫"御江金城",这是央企"五矿地产"开发的一个小区,它的前身叫"南京特殊师范学校"。一九八七年至二〇〇〇年,我在这里踢了十四年的野球。十四年,我没能成为球星,也没有挣到一分钱的工钱,但我也有收获,那就是一身的伤。

想起来了,刚到南京的时候我还留着长头发,那是我作为一个九流诗人所必备的家当。九流诗人同时也热爱踢球,当然了,是野球。在我沿着左路突破的时候,我能感到我的头发在拉风。一事无成的人格外敏感,头发在飘,风很滑,这里头荡漾着九流诗人自慰般的快感与玄幻。

什么是野球?有很多进球的足球;什么是职业足球?进一个球比登天还难的足球。是的,正规的球门宽七米三二,高二米四四,它的面积差不多有十八个平米。想一想吧,相对于身高不足一米八〇、同时又不会鱼跃扑救的业余门将而言,十八平米太过浩瀚了,足以容得下所有的灾难。马德里的足球记者是怎么说的?"比星期一晚上妓女的裆部还要空洞。"

野球没有战术,没有纪律,没有 442 或 4132。虽然上场之前我们也装模作样地制定一套阵形，但是，到了拼抢的时候，一切都变形了。我们其实就是鱼池里的鱼，球呢，它是鱼饵，球在哪里我们就挤在哪里，一窝蜂了。野球很丑，全凭速度和体能。野球是一种丛林的足球。

但"丛林足球"也许更文明。它的文明来自于没有裁判。人其实都有道德感的，所谓的道德感说白了就是压力。明明没有裁判，你要是犯规了还不主动停下来，那你这个人"就没意思了"。为了让自己还有下一次踢球的机会，你首先要做的就是让自己"有意思"。你要真的"没意思"了，那也无所谓，但是，不会有人给你传球的，哪怕你处在一个极好的位置上。道德从来不是一个什么玄妙的东西，它是参与者所建立的公正与公平。这是必须的。道德并不先验，它与利益同步，有利益就自然有道德。你遵守道德也不是因为你高尚，是因为你有监督。这个监督者就是你的对手，对面的那十一个人。谢天谢地，监督者的数量与你的利益主体永远一样多，反过来也一样。

赢球的滋味真的很好，这个滋味是形而上的。你什么都没有得到，没有奖杯，没有奖金，你所拥有的全是空穴来风的喜悦，"赢了"，你仅仅得到了这么一个概念。输球的滋味则太烂了，这个滋味高度形而下，和奖杯无关，和奖金无关，就是天黑了。暮色苍茫，天就那么黑了，——你会像渴望约会一样渴望明天。

我的球友里头怎么突然就多出一个聋哑人了呢？对了，他很可能是学校里刚刚录用的一位打字员。他并不健壮，球技也不怎么样。可是，仅仅踢了一场球，我在"手心手背"的时候就坚决不找他了。道理很简单，如果我和他"手心手背"，那就意味着我们只能是对手。——我渴望他能成为我的队友。

他听不见。可我看得见他坚硬而又磅礴的自尊。如果你断了他的球,那么好吧,你这个下午就算交代了,他会像你球衣上的号码那样紧紧地贴着你。为此,他不惜舍弃球队整体的利益,就为了和你丫死磕,——喊不住的,喊了他也听不见。如果需要,他可以贴着你,从星期五的傍晚一直跑到星期一的凌晨;如果你还需要,他也可以贴着你,从南京的河西一直跑到乌鲁木齐。这是可能的。

我要承认,我对残疾人自尊心和责任心的认知大多来自这位失聪的球友。我在不知情的情况下断过他的球。他给我的教训是毁灭性的,我要说,自尊与责任是一种很特别的体能,像回声,你的没了,他的准在。我被他纠缠得几乎要发疯,他能让你的神经抽筋。他是"神一样的队友、狼一样的对手"。当他拽着你的球裤的时候,你恨不得把球裤脱下来,送给他,然后,光着屁股摆脱他的缠绕。——说到底,我踢球也不是为了赢得那个叫"大力神"的金疙瘩,是为了爽。他让我太不爽了,别扭死了。你不能说我多爱残疾人,但是,残疾人永远值得我尊重。他的价值是不言而喻的,事实上,每一次"手心手背"的时候,所有的人都渴望得到他。只要能有他,对方突前的那个前锋基本上就"死述"了。

一九九二年,我来到了《南京日报》。那时候南京市有一项业余赛事,也就是"市长杯"足球赛。我一共参加过四届。我至今还记得第一次上场的场景。三个穿着黑色裁判服的国家级裁判把我们领向了中圈,旁边架着一台江苏电视台的摄像机。一九九二年,我二十八岁,正是踢球的黄金时光。可是,第一场比赛我只打了五分钟。是我自己要求下场的。我跑不起来了。因为是第一次参加这个级别的赛事,我紧张得必须用嘴巴做深呼吸。从此我知道了,体能不是体能,也是心理。是的,如果因为紧张,开赛之前你的心率就已经达到了每分钟一百四十次,那你心脏还能有多大的负荷空间呢?自信有自信的机制,它不会从天而降。它和你的认知有关,和你切肤的生命实践有关,一句话,和你所承受的历练有关。所以我说,承认恐惧是一个男人的第一步,你必须从这里经过。没有恐惧作为基础的自信只适用于床笫与客厅,它只是虚荣,虽然虚荣很像诗朗诵,可它永远也上升不到可以信赖的地步。

在 NBA 打了一个月之后,姚明告诉记者:"我找到呼吸了。"我喜欢这句话。它配得上姚明二米二六的身高——这里头有巨人所必备的坦荡与诚实。

人类的动物园

　　每个城市有每个城市的动物园。"动物园"这个概念本身就隐含了"城市"这个概念的部分属性。狩猎文明与农业文明是产生不了"动物园"一说的，工业文明出现了，人类便有了自己的动物园。

　　动物园的出现标志了人类对地球生命的最后胜利。人类终于可以挎上相机、挽上情人的手臂漫步狮身虎影之前了。人类从来没有这么自信过，敢用食指指着狗熊批评它的长相，敢和雄狮对视龇了牙做个鬼脸；人类也从来没有这么潇洒过，轻易地对鳄鱼扔一只烟头，对昏睡的老虎吐一口唾沫。人类对凶猛动物的敬畏原先可是了不得的，诸如"老虎的屁股""吃了豹子胆了""河东狮吼"都是动物留给我们人类的最初惊恐。这些话如今只剩了"比喻"意义。武松要活着，也不至于披红戴绿了吧。人类总能把自己恐惧的东西打翻在地，再踏上一只脚。人类就是这样伟大。要是世上真的有上帝，他老人家现在一定在笼子里了。

　　这样一想我便害怕，九天缚龙、五洋捉鳖之后，人类的敌手又将是谁呢？我读过几本关于动物的书。在许多这样的科学读物里,都有动物"作用"的介绍。而这样的"作用"又是以人的需求为前提的。比如说,一提起犀牛,便是:肉可食,皮可制革,角坚硬,可以入药,有强心、清热、解毒、止血之功效。至于老虎,更是了不得,就是那根虎鞭,也足以抵挡一卡车"东方一枝刘"。这个意义上说,人类的每一员对动物世界的习惯心态都是帝王式的。为我所领、为我所用。而一旦动物们以"人"的姿态进入我们的精神世界时,三岁的孩子都知道,那只是"童话",假的。成人是没有童话的。你要自以为是一只兔子,喊狐狸一声"姐姐",世界人民都会拿你当疯子。人类可是有尊严的,在动物面前个个都是真龙天子。

完全可以这样说:动物园时代开辟了动物的奴隶主义时代。

说到这里很自然地要写到三样动物:狗、猫、猪。我之所以要提及这三位先生,是因为我的一个发现:所有的动物园里,几乎都没有他们(是他们,不是它们——作者注)的身影,即使有,也是轻描淡写,一笔而过。究其原因,是他们的"家常",即:通了人性。先说狗。狗的口碑并不好,是谓"小人"也。"狗眼看人低""狗腿子""狗娘养的""狗尾巴"都已经"人格"化了。然而人类爱狗,狗乃人类一宠物也。何故?他是通了人性的。狗的"似人非人"满足了人类"主子"思想与"奴才"思想的矛盾需要。张承志先生在一篇文章里非常诗意地论述过狗思想与狗精神。我读了几乎热泪盈眶起来。我一冲动,差一点说出"我要做狗"这样的话。后来我终于没有这样喊,我似乎弄通了一个参照:狗之可贵,也是对人之需要而言的。有了这个参照,狗才可敬可爱起来,失去了这个参照,便是瞎激动。

其实，要真让我做狗，我还是乐意的。我甚至会努力做一条好一点的狗。但好狗是有标准的，就是绝不学人样。狗的不幸是学了人，且通了人性。这真是狗的大不幸。人类的精明之处在于不让狗做真正的狗。让狗有点人模，同时又还是狗样。人类用一块骨头或一只肉包使狗渐次"异化"，终于落到"狗不狗、人不人"。我个人认为，"人不人狗不狗"这句古语蕴藏了人对真正狗性的尊重，狗后来之所以下三流，在其"不狗"之上。狗在这一点上不如狼的坚决。人类之所以不能蔑视狼，是狼有自己的原则：不给我骨头我吃人，给我骨头我同样吃人。狼这么恶狠狠地一路吃下去，人类只能远之。狼总是对人类说：在上帝面前，我们的灵魂是平等的。也许正因为这一点，动物园里最焦躁不安的就是狼。

猫要下流得多。我几乎不想提这东西。她泪汪汪的大眼睛和满嘴胡须简直莫名其妙。她小心翼翼的小解模样，躲在角落里打量人的姿态，眯起眼睛弓了腰体贴主人的抚摸触觉的努力，都标示了她的猥琐。猫的最大特点在其腰板上，猫的腰板那样没骨力还背了个脊椎动物的名，真是讨了大便宜。但谁又计较她呢？猫的不怕摔打可能是另一种天赋，一跤之后，她总能站得很稳，立场坚定，四爪朝下。可不知道怎么回事，猫站得愈稳，我愈觉得恶心。站得那么稳还要看狗的脸色，不如摔死了省事。

关于猪，我想说它是一种植物。长满肉，随屠夫宰割。或者说，它是一种会走路的肉。人类用几千年心血教它做奴才，可它就连这点心智也没有，只好把它杀掉。猪是唯一在杀戮时得不到同情和尊重的生命。生得肮脏，死得无聊。作为生命，猪是一个失败的例子。

站在动物园里，我时常想，如果没有人类，世界的主人到底会是谁呢？我看好狮子。

这里头当然有我对狮子的偏爱，但更多的是一种哲学推论。我注意过古埃及人的图腾意识，他们的"狮身人面"给了我极大的困惑。根据我的理解，"狮身人面"这个翻译是有问题的，应当是"狮身人头"。古埃及人在尼罗河畔、金字塔下、黄沙之上对生命的理想格局一定是绝望的。"狮身人面"说明了他们矛盾的心态。

这种绝望心态给了他们极大的勇敢想象：人类的理性精神+狮子的体魄＝理想生命，只有这个生命方能与"自然"打个平手。这样的想象结果是苍凉的、诗意的，是哲学的，也是美学的。

然而，就狮子自身而言，他蔑视"智能"。狮子对自身体能的自信与自负使他视智力为雕虫。狮子的目光说明了这一点。我常与狮子对视。从他那里，我看得见生命的崇高与静穆，也看得见生命的尊严与悲凉。与狮子对视时我时常心绪茫然、酸楚万分，有时竟潸然涕下。我承认我害怕狮子。即使隔了栏杆我依旧不寒而栗。他的目光使我不敢长久对视。那种沉静的威严在铁栏杆的那头似浩瀚的夜宇宙。那种极强健的生命力在囹圄之中依然能将我的心灵打得粉碎。我没遇见过狮吼和狮子发威。

他就那样平平常常地看你一眼，也胜得过千犬吠、万狼嚎。

我注意过以狮为代表的高级动物和以蚂蚁为代表的低级动物的区别。生命的高级与否往往取决于一点：有无孤寂感。高级动物们都有一种懒散、冷漠、孤傲的步行动态,都有一双厌世不群的冰冷目光。他们无视世界的接受与理解,只在懒洋洋的徜徉中再懒洋洋地回回头,看看自己留给苍茫大地的踪迹,他们便安静地沉默了。他们的沉痛与苦楚都是隐蔽的,他们的喧哗与欢愉也是静悄悄的。这种沉默可能来之于他们涉足过的广袤空间。巨大的空间感是易于造就巨大孤寂感的。在孤寂里,生命往往更能有效地体验生命自身与世界。

蚂蚁就是能闹。为了一粒米,一块肉屑,一只苍蝇的尸,蚂蚁出动了成千上万的部队,他们热情澎湃,万众欢呼,群情激愤,汹涌而上,汹涌而退。我时常在观察蚂蚁时失却了世界。蚂蚁辛勤的一生让人肃然起敬,又让人可悲可叹。我时常出于同情,给蚂蚁王国送去一大碗米饭。我想,那够他们的国家用好几年了。但是不行。蚂蚁就是那种忙碌猥琐的品格,这种品格决定了他们的生存。他们勤劳而又安居乐业,他们为此而充实而幸福,我们又何必硬要同情幸福者什么呢?我从赵忠祥先生解说的专题片《动物世界》里发现这样一个现象:弱小生命之间往往是相互同情的,互为因果、相依为命的;强大生命之间则是另一种景象,他们之间彼此都很克制,懂得尊重与忍让。我注意到非洲草原上猎豹与雄狮的和睦相处。他们井水不犯河水的安详画面让我感动。猎豹在一边怀旧,而狮子则享受着自己的天伦之乐。这对"一山容不得二虎"是一种嘲弄。这是强大生命之间表现出的一种真正自信。这样的自信是上帝赋予的,没有任何装腔作势,故而平静如水。比较起来人类与狗就小家气多了,胆子越小的狗就愈会叫,自卑的人类则喜欢端了一副架子,放不下。其实,生命的自信是这个世上平静的根源,只要有一方对自己没把握了,世上就有了阴谋与战争。

我觉得动物间的这种等级差别是极有意味的。等级其实正是秩序。它展示出来的恰恰是强、弱之间的力量落差。有了这个落差,弱者的同情与强者的礼让显得太局限了,永恒的生动画面是:吃与被吃。

听说,仅仅是听说,不少国家——津巴布韦、坦桑尼亚等——是有"国家动物园"的。国家动物园的玩法和城市动物园的玩法一同一异。同,都是看动物;异,方法是相反的,一个是动物在笼子里,一个是人在笼子里。如果这个"听说"成立,"国家动物园"就太反讽了。

主与客的位置变化,看与被看的心理逆转,是我们能够面对与承受的么?这句话换一种说法就涉及到自由上去了,万一人类没有自由了,也能指望动物们建立一支"绿党"么?然而,我倒是希望我们的国土上能有一座"国家动物园",从"国家动物园"里走一遭的人,应该都能成为真正的人。至少,能知道人类的今天还是有点乐趣的。这么说吧,上帝既让我们做人,上帝既拿我们作为"人"看,总得对得起上帝吧。

我这样说当然没有"人类沙文主义"的意思,就像我说"我要做一条好狗"一样,既做了人,就该做得有点人样。人的模样、狗的嘴脸、狼心驴肺、鸡脖子鸭爪,也太不是东西了吧。让上帝见了也吓昏了头,总不太厚道。就我个人而言,投了"人胎"是没有自豪的,既做之,则安之吧。

飞越密西西比

二〇〇六年的八月，就在我来到爱荷华的第二天，在一个酒会上，我认识了本·瑞德。这个年轻的美国人出生在加州，念小学的地方却是北京。在一大堆说英语的人中间，突然冒出来一个"京片子"，我的喜悦是可想而知的。本·瑞德是个纯爷们，说话直截了当，他说他来参加这个酒会只有一个目的，问问我这个"爱运动"的人"想不想开飞机"。我刚刚来到美国，人生地不熟，好不容易逮着一个会说北京话的美国人，我怎么能放过呢。我想都没想，说："当然。"老实说，我并没有把这句话当真，我是中国人，拿什么话都当真，我还活不活了？

第三天还是第四天？是上午，本·瑞德来电话了，问我下午有没有时间。我说有。他说："那我们开飞机去吧。"我没有想到事情来得这样快，心里头还在犹豫，嘴上却应承下来了。还没有来得及摩拳擦掌呢，聂华苓老师的电话却来了。我兴高采烈，告诉她，我马上就要开飞机去了。聂华苓老师的反应大大出乎我的意料，她不允许。她的理由很简单，我是她请来的，"万一出了事怎么办？"她的口气极为严厉，似乎都急了。我为难了。飞还是不飞？这还成了一个问题了。

我的处境很糟糕,无论我做怎样的决定,我都得撒一个谎,不在这一头就在那一头。可我得决定。我的决定很符合中国文化:在兄弟和母亲之间,一个中国男人会选择对谁撒谎呢? 当然是母亲。先得罪母亲,然后再道歉。

　　——我哪里能想到呢,小小的、只有六万人口的爱荷华,居然有四个飞机场。这些机场既不是军用的也不是民用的,它们统统类属于飞行俱乐部。事实上,许许多多的美国成年人都是飞行员。我对本·瑞德说:"你们美国人就是喜欢冒险哪。"本·瑞德却不同意。他说:"我们其实不冒险,我们很相信训练。"

　　我终于来到飞机的面前了,严格地说,这只是一架教练机,总共只有两个座,一个主驾,一个副驾。很窄,长度也只有四米的样子。飞机的最前端还有一个四叶(也可能是三叶)螺旋桨。

　　当然,我坐在副驾上。机场上空无一人,我们的周围更是空无一人。就在发动之前,本·瑞德大喊了一声:"前面有人吗?"无人回应。本·瑞德又喊了一声:"后面有人吗?"还是无人回应。——本·瑞德的这个举动无厘头了,明明没人,你喊什么喊呢? 可本·瑞德告诉我:"必须大声问,规则就是这样。"我想了很长时间才把这个无厘头的问题想明白:"看"是一种纯主观的行为,它与外部并不构成对话关系。所谓"规则",它是针对所有人的,不可以有身份上的死角,不可以"依据"个人的"感受"。飞机终于升空了,为了奖励我这个远方的客人,本·瑞德首先做了一个游戏,他把爱荷华的四个飞机场统统给我"蹬"了一遍。下降,滑行,再起飞。我很喜欢这个游戏,每路过一个机场,我们都像在汽车里头,远远地望着一排简易的建筑物,然后,汽车一蹦,上天了。

我给本·瑞德提了一个要求,我想去看看聂华苓老师家的屋顶,她老人家都不一定看过。我知道的,聂老师的家坐落在爱荷华河边的一个小山坡上,我们很快就找到了。飞机在聂华苓老师的屋顶上盘桓了好几圈。因为盘旋,飞机只能是斜着的,错觉就这样产生了,整个爱荷华全都倾斜过去了,房屋和树木都是斜的。很玄,是古怪无比的天上人间。——因为错觉,世界处在悬崖的斜坡上了,一部分在巅峰,一部分在深谷,安安静静的。只过了一分钟,世界又颠倒了,巅峰落到了谷底,而谷底却来到了巅峰。就像特朗斯特罗姆所说的那样:"美丽的陡坡大多沉默无语。"是的,沉默无语,世界就这么悬挂起来了,既玄妙,又癫狂,这可是怎么说的呢。——说到底,眼睛从来就不真实,我们的"视觉"从头到尾都只是一个习惯,习惯,如斯而已。因为飞机小,飞行的半径也小,没几分钟,我就晕机了。我说:"咱们还是走吧。"

本·瑞德把飞机拉上去了。借助于攀升,飞机附带着飞出了爱荷华市区。现在,我可以好好地俯视一下美国的大地了。在哪一本书呢?反正是关于哥伦布的,我曾经读到过这样的句子——他来到了一块郁郁葱葱的大陆。"郁郁葱葱的大陆",多么迷人的描述,就这么简单,如诗如画,如梦如幻。在经历过惊涛、狂风、阴谋、反叛、饥饿、疾病、死亡和绝望之后,一本书再也找不到比这更好的结尾了:他来到了一块郁郁葱葱的大陆。

我要感谢小飞机的飞行高度,三千六百米。相对于我们的视觉而言,三千六百米实在是一个恰到好处的数据。一九一二年,瑞士心理学家爱德华·布洛发表了他的重要文献:《作为艺术因素与审美原则的"心理距离"说》,从那个时候起,"美是距离"就成了一个近乎真理的"假说"。是的,审美是需要距离的,讲故事的人就最懂这个:好的故事要么在"从前",要么在"多年之后","昨天"与"今天"的事,只适合"本报讯"和"本台消息"。可我并不那么佩服瑞士的心理学家,他的发现一点也不新鲜。我们的苏东坡在一千年前就这么说了:不识庐山真面目,只缘身在此山中。

我不知道"作为审美距离"的"心理距离"应当如何去量化,但是,转换到物理空间里头,作为一种俯视,三千六百米实在妙不可言了。大地既是清晰的、具体的、可以辨认的,又是浩瀚的、莽苍的、郁郁葱葱的。是的,郁郁葱葱。我知道的,这个郁郁葱葱可不是哥伦布的郁郁葱葱,它是自然,更是人文。准确地说,是康德所说的"人的意志",是大地之子对大地郁郁葱葱的珍惜和郁郁葱葱的爱。

我不会把一切都归结为"历史",但是,"历史"的确又是无所不在的。大地是什么?它还能是什么?它是历史的肌肤。那句话是谁说的?我怎么就忘了呢:"拥有辉煌历史的人民都是不幸的。"我就不说人民了,我只想说大地:历史越好看,大地就越难看。

飞机到达最高点之后,它平稳了。本·瑞德突然给了我一个建议:你来试试吧。我当即就谢绝了,飞机上不只有我,万一出了事,那可不是闹着玩的。当然了,毕竟是教练机,如果换成我来驾驶的话,委实很方便的,连位置都不用挪。——所有的仪表都在我们俩的正中央,我可以看得清清楚楚;至于操纵杆,那就更简单了,主驾室里一个,副驾室里一个。只要本·瑞德一撒手,我接过来,其实就可以了。

本·瑞德没有坚持,似乎突然想起了什么,他对我说:"我们去密西西比河吧。"我问:"需要多长时间?"本·瑞德说:"大约一个小时。"那还等什么呢,去啊。

我们抵达密西西比上空的时候太阳已经偏西了。大地依然"郁郁葱葱",可是,就在"郁郁葱葱"里头,大地突然亮了,是闪闪发光的那种亮。这"亮"把"郁郁葱葱"分成了两半。因为折射的关系,密西西比一片金黄。它蜿蜿蜒蜒的,慵懒而又霸蛮。我的记忆深处当然有我的密西西比,那是马克·吐温留给我的——商船往来,热闹非凡,每一条商船的烟囱都冒着漆黑的浓烟。可是,我该用什么样的词语去描绘我所见到的密西西比呢?想过来想过去,只有一个词:蛮荒,史前一般蛮荒。

蛮荒,史前一般的蛮荒。许多粗大的树木栽倒在岸边,偶然出现的沙洲上,傲然挺立着一两棵孤独的大树,浩大的寂静匍匐在这里。温克尔曼说:"高贵的单纯,静穆的伟大。"那是评价古希腊艺术的。我想说的是,公元二〇〇六年,一个如此"现代"的社会,它的母亲河居然是洪荒的,这是何等壮阔、何等瑰丽的一件作品。造就它的,不仅仅是"历史",也还有"现代"。我震惊于密西西比的蛮荒,原始、神秘、单纯而又伟大。

我对本·瑞德说:"我们就沿着密西西比河飞行吧。"可是,本·瑞德把话题又绕回来了,他说:"你还是试试吧。"我依然不肯。本·瑞德说:"你还是试试吧,说不定你这辈子就这么一次机会了。"

我要承认,本·瑞德的这句话打动我了。我开始犹豫。我想是的,本·瑞德的话也许没错,这样的机会不是随便就有的。我得把握。我的手终于抓住操纵杆了。本·瑞德撒开手,关照我说:"一旦出现问题,你立即丢开,什么也不用管。"

我终于驾驶飞机飞行了,我的注意力全部集中起来了。集中起来干什么呢?重新分配。驾驶飞机从来就不是一个"单一"的行为,你得处处关照。你必须时刻关注飞行的高度、速度、航线,本·瑞德替我翻译过来的塔台指令,舷窗窗外的前后左右。当然,最重要的关注还在手上:飞机的操纵杆可不是汽车的方向盘。如果说,汽车的方向盘只管左和右的话,那么,飞机需要控制的还有上和下。还有一件事我需要强调一下,飞机是悬浮的,它实际的飞行动态和你手上的动作里头存在着一个时间差,在你做完了一个动作之后,它要"过一会儿"才能够体现出来。

我想我还是太紧张了,人一紧张他的注意力就很容易"抱死",我太在意"推"和"拉"——也就是飞机的上和下了。是的,我害怕飞机处在突然攀升或突然俯冲的状态之中。上和下问题总算被我控制住了,可是,我再也顾不得左和右了。在我"左转"或"右转"的时候,我的动作都是临时的、补救的,过于迅猛,过于决绝了。这一来,飞机飞行的样子可想而知了。它摇摇晃晃,不停地摇摇晃晃。我又想吐了。飞行对健康的要求我想我是领教了。密西西比就在我的眼皮底下,可是,对一个一心"想吐"的人来说,他的眼睛里头哪里还能有"风景"呢。

任何事情都可以从两边说,这是"相对主义"具有超级生命力的一个重要缘由。因为拙劣的驾驶,我的飞行反而有趣了,一会儿在密西西比的左岸,一会儿在密西西比的右岸。可本·瑞德是镇定的。无论我的飞行怎么"玩心跳",他都心安理得,笃笃定定地望着窗外。老实说,我真的很想把飞机开回到爱荷华去,可是,不能够了。一个哈欠都可以让我吐出来。

在后来的岁月里,我时常回忆起我的丑陋的驾驶。我知道了一件事,集中注意力固然是一件不容易的事,可是,把注意力集中起来之后再有效的分配出去,生命才得以舒展,蓬勃的大树才不至于长成一根可笑的旗杆。我们把话题往小处说,就说写小说吧,写小说的"第一行为"当然是打字,你必须把你的注意力集中在语言上,可是,这不够,远远不够。你的身边还有许许多多的"仪表"呢,你得关注它们,你必须在关注语言的同时时刻关注人物,人物与人物的关系,人物性格的发育,环境、人物和环境的关系,思想、思想的背景,情感、情感的背景,故事、结构、节奏、风格,甚至勇气。写作是一个大系统,在这个大系统里头,我们的注意力可不能"抱死"一点,一旦"抱死",你只能"摇摇晃晃",自己想吐,别人也想吐。平稳的飞行看上去最无趣了,但是,这样的"无趣"考验的正是我们的修炼。再别说狂风暴雨了,再别说电闪雷鸣了。

我真的驾驶过飞机么?老老实实地说,我没有。我"貌似"驾驶过一次飞机,那是因为我的身边始终坐着一个人,他离我最近。我始终感谢那个和我"最近"的人,他的镇定里有莫大的友善和信任,近乎慈悲了。善待这个世界,信任这个世界,许多不可思议的事情就这样变成了现实。

飞行回来的当天晚上,我来到了聂华苓老师的家,我把下午发生的事情都告诉了她。聂老师很生气,后果很严重!她张大了嘴巴,伸出了她的一根手指头,不停地点。聂老师的个子不高,肩膀也不好,胳膊抬不高的。我低下我的脑袋,一直送到她的跟前。聂老师的食指压着我的太阳穴,狠狠顶了出去。

Ⅱ

写满字的空间是美丽的

　　我小学就读于一所乡村学校，而我的家就安置在那所学校里头。学校有一块操场，还有三面用土基围成的围墙。一到寒假和暑假，那块操场和三面围墙就成了我的私人笔记本了。我的手上整天拿着一只粗大的铁钉，那就是我的笔，我用这支笔把能写字的地方全写满了。有一次，我用一把大铁锹把我父亲的名字写在了大操场上，我满场飞奔，巨大的操场上只有我父亲的名字。父亲后来过来了，他从他的姓名上走过的过程中十分茫然地望着我。我大汗淋漓，心中充满了难以名状的兴奋与自豪。残阳夕照的时候，我端详着空荡荡的操场和孤零零的围墙，写满字的空间实在是妙不可言，看上去太美。我真想说，我在上小学的时候就已经是一个很像样的作家了。

　　现在想来我的那些"作品"当然是狗屁不通的。但是，再狗屁不通，我依然认为那些日子是我最为珍贵的"语文课"。那些日子最大限度地满足了我的表达欲望，这种欲望至今没有泯灭。天底下没有比这样的课堂更令人心花怒放和心安理得的了，她自由，充满了表达的无限可能性；她没有功利色彩，一块大地，没有格子，好写最新最美的文字。

用今天的眼光来看,在学校的围墙上乱涂乱画,把学校的操场弄得坑坑洼洼,绝对是不可以的。利用小学阶段培养孩子们良好的行为习惯,当然也是好的。没有规矩,不成方圆,我自然不反对,可我不能同意只有在方格子里头才可以写字,只有在作文本子上才可以按部就班地码句子。对我们的孩子来说,每一个字首先是一个玩具,在孩子们拆开来装上,装上去又拆开的时候,每一个字都是情趣盎然的,具有召唤力的,像小鸟一样毛茸茸的,啾啾鸣唱的,而在孩子们运用这些文字组成章句的过程中,摞在一起的章句都应该像积木那样散发出童话般的气息。

孩子们为什么想写?当然不是为了考试。准确地说,是为了表达。一个人不管多大岁数,从事什么工作,都有表达的愿望。孩子们喜欢东涂西抹,其实和老人们喜欢喋喋不休、当官的喜欢长篇大论没有本质区别,相对于一个"人"来说,它们的意义是等同的。我听说现在的孩子们越来越不喜欢写作文了,这真是不可思议。这甚至是灾难。孩子们有多少古怪的、断断续续的念头渴望与人分享?他们害怕作文,骨子里是害怕表达的方式不符合别人的要求。在害怕面前,他们芭蕉叶一样舒展和泼洒的心智犹如遭到了当头一棒。他们有许多话想对别人说,他们还有许多话想在没人的地方说,他们同时还有许多话想古里古怪地说。表达首先是一种必须、乐趣、热情,然后才是方式、方法。害怕作文,其实是童言有忌。

所以我想提议,所有的小学都应当有一块长长的墙面,这块墙面不是用于张贴三好学生的先进事迹的,而是在语文课的"规定动作"之外,让我们的孩子们有一个地方炫耀他们的"自选动作"。它的意义并不在于能培养几个靠混稿费吃饭的人，它的意义在于，孩子们可以在这个地方懂得，顺利地表达自己是一件多么幸福的事，是一件让自己的内心多么舒展的事。在这个地方，他们懂得了什么才叫享受自己。如果表达是自由的，那么，这种自由是以交流作为基础的。交流是一种前提，最终到达的也许就是理解、互爱。

一支烟的故事

亲爱的孩子：

你一直讨厌我抽烟，我也十分渴望戒烟，可是，我一直都没有做到，很惭愧。

今天就给你讲讲我抽烟的事，或许对你有所帮助。

一九八三年，十九岁的那一年，我开始了我的大学生涯。

我们宿舍里有八个同班同学，其中有两个是瘾君了。他们有一个习惯，掏出香烟的时候总喜欢"打一圈"，也就是每个人都送一支。这是中国人在交际上的一个坏习惯，吸烟的人不"打一圈"就不足以证明他们的慷慨。我呢，那时候刚刚开始我的集体生活，其实还很脆弱。我完全可以勇敢地谢绝，但是，考虑到日后的人际，我犯了一个错：我接受了。这是一个糟糕的开始，许多糟糕的开始都是由不敢坚持做自己开始的。

但人也是需要妥协的，在许多并不涉及原则的问题上，不坚持做自己其实也不是很严重的事情。我的问题在于，我在不敢坚持做自己的同时又犯了一个小小的错：虚荣。其实，所谓的"打一圈"是一个十分虚假的慷慨，如果当事人得不到回报，他也就不会再"打"了。这是常识，你懂的。我的虚荣就在这里，人家都"请"了我好几回了,我怎么可以不"回请"呢?我开始买香烟就是我的小虚荣心闹的,是虚荣心逼着我在还没有上瘾的时候就不停地买烟去了。

不要怕犯错,孩子,犯错永远都不是一件大事情。可有一件事情你要记住:学会用正确的方法面对自己的错,尤其不能用错上加错的方式去纠正自己的错。实在不知道如何应对,你宁可选择不应对。

我抽烟怎么就上瘾了的呢?这是我下面要对你说的。

因为校内禁烟,白天不能抽,我的香烟并不能随身携带。放在哪里呢?放在枕头边上。终于有那么一天,你爷爷,也就是我的爸爸,来扬州开会了。在会议的间隙,他来看望我。当你的爷爷坐在我的床沿和我聊天的时候,我突然发现了我枕边的香烟,藏起来已经来不及了。以我对你爷爷的了解,他一定是看见了,但是,他什么都没有说。你知道的,你爷爷也吸烟,但这并不意味着他会赞成他的儿子去吸烟——他会如何处理我吸烟这件事呢?我如坐针毡,很怕,其实在等。

十几分钟就这样过去了,我很焦躁。十几分钟之后,你爷爷掏出了香烟,抽出来一根,在犹豫。最终,他并没有把香烟送到嘴边去,而是放在了桌面上,就在我的面前,一半在桌子上,一半是悬空的。孩子,我特别希望你注意这个细节:你爷爷并没有把香烟送到你爸爸的手上,而是放在了桌子上。后来你爸爸就把香烟拿起来了,是你爷爷亲手帮你爸爸点上的。

现在,我想把我当时的心理感受尽可能准确地告诉你。在你爷爷帮你爸爸点烟的时候,你爸爸差点就哭了,他费了好大劲才忍住了眼泪。你爸爸认定了这个场景是一个感人的仪式——他是一个真正的男人了,他男人的身份彻底被确认了。

事实上,这是一个误判。

我们先说别的,你也知道的,作为你的爸爸,我批评过你,但是,不知道你注意到没有,爸爸几乎没有在外人面前批评过你。你有你的尊严,爸爸没有权利在你的伙伴面前剥夺它。同样,你爷爷再不赞成我抽烟,考虑到当时的特殊环境,他也不可能当着那么多同学呵斥他的儿子。我希望你能懂得这一点,做了父亲的男人就是这样,在公共环境里,如何和自己的儿子相处,他的举动和他真实的想法其实有出入,甚至很矛盾。这里头有一个公开的秘密:做父亲的总是维护自己的儿子,但这并不意味着儿子的举动就一定恰当。

我想清清楚楚地告诉你,父爱就是父爱,母爱就是母爱,无论它们多么宝贵,它们都不足以构成人生的逻辑依据。

我最想和你交流的部分其实就在这里,是我真实的心情。我说过,在你爷爷帮你爸爸点烟的时候,你爸爸差一点就哭了。那个瞬间的确是动人的,我终生难忘。就一般的情形而言,人们时常有一个误判,认定了感人的场景里就一定存在着价值观上的正当性。生活不是这样的,孩子,不是。人都有情感,尤其在亲人之间,有时候,最动人的温情往往会带来一种错觉:我们一起做了最正确的事情。你爸爸把你爷爷的点烟当作了他的成人礼,这其实是你爸爸的一厢情愿。如果你爷爷知道你爸爸当时的内心活动,他不会那么做的,绝对不会。一个男孩到底有没有成为一个男人,一支香烟无论怎样也承载不起。是你爸爸夸张了。夸张所造成的后果是这样的:爸爸到现在也没能戒掉香烟。

孩子,爸爸最享受的事情就是和你交流。囿于当年的特殊环境,你爷爷和你爸爸交流得不算很好,你和爸爸的环境比当年好太多了,我们可以交流得更加充分,不是吗?

附带告诉你,爸爸一定会给你一个具备清晰表达能力的成人礼。

祝你快乐!

飞 宇

2014 年 5 月 26 日于香港

这个字写得好

　　一九八七年年底,我当教师刚刚半年。就在临近寒假的时候,我得到了一个学生家长的邀请,他让我到他们家过年。这其实是客套,我哪里能不知道呢。我就随口来了句客套话,说:"好的。"

　　没想到学生家长来真的了。几天之后,我收到了学生家长的来信,这位退休的乡村中学语文教师用繁体字给我写来一封正式的邀请函,这封信感人至深。有一句话特别地蛊惑人心,老人家写道:毕老师,我要为你杀一只羊!

　　"杀一只羊"突然使事态变得重大,我就不能不去了。为什么就不能不去呢?我也说不出什么理由来。总之,为了老人家的"杀一只羊",我必须去。大年二十九,经过一整天漫长的颠簸,我终于站在了退休教师的家门口。体格健壮、精力充沛的退休教师兑现了他的诺言,残阳如血,当着我的面,他把羊杀了。我当时的感觉真是怪异——大老远的,我这是干什么来的呢?似乎就是为了看一个老人杀羊,但我的感动是实实在在的。

　　晚宴有些晚了,却很热烈。老人家叫来了一大堆的客人。老实说,这顿晚饭我吃得十分别扭,我的学生喝了一些酒,他用胳膊搂着我的脖子,亲切地叫我"飞宇兄"。退休教师当然是讲究师道尊严的,他站了起来,很不高兴。我说过,退休教师体格健壮、精力充沛,所以,他的高兴与不高兴都伴随着力量。他大声呵斥了他最小的儿子,热烈的酒席一下子就变得有些紧张。

我只好挪出一只胳膊,搂着我学生的脖子,说:"我让他这么叫的,我们平时都这么叫。"

老人家显然是将信将疑的,他突然一拍桌子,高声说:"好!"大伙儿都站了起来,为天下皆兄弟的美好场景干了杯。

高潮在晚宴之后正式来到了。收拾完桌子,老人家把早就预备好的纸、墨、笔端了出来。他要我写春联。这可怎么办呢?春联需要对仗,我一下子哪里想得出那么多工整的句子?不过还好,陈词滥调我还记得一些。真正要命的是毛笔字。我从来没有练过毛笔字,我的毛笔字其实就是放大了的钢笔字,这叫我如何拿得出手?我想我必须说老实话,就对老人家说:"我真的不行。"我把毛笔递到退休语文教师的手上,恭恭敬敬地说:"还是您来。"

老人家也喝了酒,热情高涨,只是推,说:"我怎么敢在你面前献丑——你是我儿子的老师!"这句话里头是有逻辑的,他的小儿子是他的骄傲,甚至可以说,是这个村子的骄傲。我能给他的儿子当老师,我不动手,谁敢动手?

经过一番艰苦卓绝的推让,我妥协了。我知道推不掉的。我的毛笔字有多难看,原先只有我自己知道,现在,大伙儿都知道了。可我又能如何?我只有硬着头皮,一路纵横。

一口气写了十来副,每写完一副都有人给我鼓掌,这一回,激情四溢的退休教师却没有随大流。他始终在沉默，一定对我的字大失所望。一个读完中文系的大学毕业生，居然把毛笔字写成那样，太不成体统了。我哪里是低头写字，是在低头惭愧。我的父亲从小读的是私塾，长期在乡村担任语文教师，所以我知道，永远也不能小瞧了乡村里的那些老秀才，他们的手上有绝活的。献丑啊，真是献丑。

我终于又想起两行陈词滥调来了，反正是和"飞雪"有关的。里头有一个字，"飞"，"飞字兄"的"飞"。这个字我是擅长的，写得也就格外有心得。我特地选用了繁体字。在我一笔一画把繁体的"飞"字写完了之后，退休的语文教师终于说话了，他激动万分地说：

"这个字写得好！"

我能给你的只有一声吆喝

　　高考作文考的其实不是学生,它考的是老师,或者说,它考的是教育本身,它要看一看我们的教育已经把同学们训练到什么程度了。教育说到底就是"格式化",它是预备,它要为"自然人"最终变成"社会人"做准备,这是必须的。人总要走上社会,人和人总要交流,人和人总要理解,人和人总要协作——如何交流? 如何理解? 如何协作? 训练相近的、相似的思维模式和语言表达是一个捷径。如何才能训练相近的、相似的思维模式和语言表达? 写作文无疑是一个有效的训练手段。我想说的是,无论教育怎样改变,作文训练总是路径之一,它没有错,也不会错;这是社会的需要,生存的需要。生存就必须求同。——需要调整的也许仅仅是"应试"的准则。但问题是,求同有一个前提,那就是存异。这是教育的尴尬,也是教育的两难。文明的教育是这样的,它在求同与存异的两难面前显得犹豫,它是心慈的,手软的,它得和被教育者商量着来——这就是为什么温和的老师永远会受到最大程度的欢迎;而粗暴的教育都有这样的一个外部特征:它高屋建瓴,势如破竹,顺我者昌,逆我者亡,一声令下,令行禁止,我永远对,你永远错。没有一个孩子会发自内心地喜爱那些自以为是、好为人师的家伙。

问题还在于，在中国现行的教育体制里头，文明的、心慈和手软的教育往往离"北大"和"清华"过于遥远，"严师"能出"高徒"嘛。"高徒"之"高"当然是"高分"之"高"。它的代价是有同无异。

然而，"一娘生九子，连娘十个样"，这句话说出了"异"的顽固与"异"的力量。这就要说到为什么在"高考作文"之余有那么多的"作文大赛"了。作文大赛的目的从来不是考验"教学成果"的，说得明白一点，它渴望观察的是同学们的真本性——你还有哪些与众不同的地方，你不同于一般的天性，你不同于一般的阅读，还有你不同于一般的表达。

我曾经做过一次涵盖面很广的中学生作文大赛的评委，阅卷的时候我们突然发现了这样一个基本的事实，初中生的作文玲珑剔透，洋溢着才情，洋溢着稚嫩的性格。一等奖的名额只有三个，可是，我们每一个评委的手上都有四五篇活泼可爱的小文章，一等奖给谁呢？我们伤透了脑筋，每个人都在争，都有点伤和气了。我至今还记得那个小女孩，我没有能为她争取到她该得到的。颁奖的时候我特地找到了她，我对她说，你真是太有才了。

可是，在高中组，坏了，许许多多的作文都面目可憎（请原谅我用了这样一个过于严厉的词）。众口一词，千人一腔。到处都是空洞的、正确的话。我看不见年轻的面孔，我听不到年轻的血液在奔涌，我能看到的只是一个又一个和我年纪相仿的男人和一个又一个和我年纪相仿的女人——那是他们的语文教师。他们在拷贝或扫描他们的老师。这样做万无一失。万无一失的写作一定是天下最无聊的写作。这一届中学生作文大赛没有能够产生一等奖,所有的评委都说,空着吧,我们的大奖是给高中生的,我们不能把这样的荣誉授予一个年幼的副总经理。

我不能批评我们的教师,这不公平。我也不能批评我们的同学,这也不公平。在现行的教育体制里头,他们自有他们的压力。但是,这样一说我们的高中生们也许就明白了:作文大赛就是作文大赛。它不是高考的演习,它不是高考的预备会议。它是一个特别好玩的 GAME。如斯而已。

你怎么就不知道撒欢呢孩子? 忘了,是吧? 没关系,我们试试看。你看看你的手,你看看你的脚。那其实不叫手,那其实不是脚。那是你的四个小小的、毛茸茸的却是马力强劲的蹄子。你长长的面颊上没有辔头,你修长而凹陷下去的后背上没有马鞍,你弧形的视网膜上是天空和大地的影子,你知道你跑起来有多帅,有多美? 你一蹦就是好高。风就在你的小尾巴上,它千丝万缕。你看不见。可是,相信我,我能看见。我们都能看见。是真的。

我知道你很辛苦。可是,机会并不多。你还愣着干什么? 太阳、大地、草、露水,还有你看不见的风都在你的面前,也许,这些都是你的。你有四只蹄子。你欠了它们,它们的命运叫撒开来。你还愣着做什么? ——驾! 这是我要对你说的,也是我对你最大的祝福。

Ⅲ

卡夫卡出生在布拉格

一

可怜的昆德拉什么也不相信了,他什么也不相信了。在他七十多岁之后,他和这个世界并没有和解,相反,距离进一步拉大了。如果昆德拉能够有足够的寿命,我想,总有一天他连他自己都不相信。

二

《无知》这本书可以取许许多多的书名,本真一点可以叫《流亡》,史诗一点可以叫《大回归》,青春一点可以叫《布拉格的森林》,老气横秋一点可以叫《就这么活了一辈子》,时尚一点可以叫《天还没黑就分手》,激情一点可以叫《革命,继续革命》,另类一点可以叫《我用幽把你默死》,下半身一点可以叫《把丈母娘睡了》,但是,昆德拉起了一个不着四六的名字:《无知》。

我看见了一个洞明世事的老人,在他听见命运之神敲门的时候,他拉开了他的大门,满腔的无奈与悲愤,他对命运之神大声说:"别问我! 我什么都不知道!"

无知,是愤怒的方式,是悲悯的一声叹息,是不可调和的压抑性沉默。然而,绝不是"难得糊涂"。

三

我一直不那么喜欢昆德拉,作为一个小说家,他不那么感性。在十年以前,我曾经狂妄地说过,昆德拉缺少小说才华。

我不知道昆德拉是否缺少小说才华,小说的才华到底是什么? 我不知道。但是,在今天,我知道一点,如果我是昆德拉,我绝不敢放纵自己的感性,要不然,作为一个逃亡者,我活不下去。我会死于自己的内心。

我原谅了我的狂妄,我为理解力的成长而感到释怀。

四

《无知》中有一个反复强调的细节,流亡归来的伊莱娜在捷克的一家纪念品商店里买了一件 T 恤,上面有一个结核病患者的脑袋,下面是一行英语:"Kafka was born in Prague"(卡夫卡生于布拉格)。这差不多是一则广告,捷克人想告诉世界什么?

卡夫卡当然不是阿 Q,然而,当我看到"Kafka was born in Prague"的时候,我就觉得一个中国人在骄傲地说:"阿 Q 是我们中国的,是我们的人类文化遗产。"

五

所以,小说是从伊莱娜回归开始的,却是以伊莱娜的性伙伴离开捷克结束。这不是小说的逻辑,我把他看作命运的表情。回归,对一个流亡者来说,是双重的背离,因为你的生活已经经历了一场最为糟糕的外科手术:"把小腿截掉,把脚接在膝盖上"。这是怎样的大地?这是怎样的脚?

昆德拉说:"尤利西斯离家二十年,在这期间伊塔克人保留了很多有关他的记忆,不过对他没有丝毫的思念。而尤利西斯饱受思乡之苦,却几乎没有保留什么记忆。"

思念,还有记忆,这是生活里头两样极其重要的东西。在思念和记忆面前,逃亡者的生活只能是这样了。即使是少数,那也是生活。

六

在怀疑主义和理想主义之间,我总是毫不犹豫地站在怀疑主义的这一边。怀疑,有无限的可能,它是自由的。理想主义总有些欺负人,在许多时候,它欺男霸女。在理想主义面前,我们耗干了我们自己,最后,我们会吃惊地发现,我们站在了我们的反面。我们这一代人不是流亡者,但是,我们的身上有流亡者的血脉。从这个意义上说,《无知》的问题也是我们的问题。唯一不同的是,我们更年轻,我们有更多的怀疑时间。

七

　　最后我特别想谈一谈《无知》的翻译。许钧的翻译真的很棒。关于翻译，你要是问我"信雅达"，我说不出什么来。但是，在读《无知》的时候，我有这样一种错觉，昆德拉的《无知》就是用汉语写的。这样的错觉让我舒服，很容易让我"进去"。作为一个不通外语的人，我以为，翻译得好不好，其实就是翻译家的汉语写作好不好。这个说法似乎有些偏执，但是，有一点是必须承认的，我们最后读到的只能是汉语，而不可能是别的什么。这么多年来我一直在阅读许钧的译作，在不同的作家那里，我感受到了许钧的开阔，多样性，体验他者的能力，以及把握整体风格的底气。说到底，还是他的汉语过得硬。

我也有点儿说不上来

其实我没有读过周作人的小说，只是知道他写过一个短篇，是《孤儿记》，"一九〇六年的夏天住在鱼雷堂的空屋里"写成的。从"鱼雷堂"的名字看，周作人当时大约在江南水师学堂当"海军"。《孤儿记》发在《小说林》，给周作人挣回了"二十元"酬洋，别的我就不知道了，而《孤儿记》我至今也还没有读到过。

然而我读过他的《初恋》。这篇不到一千字的短文被数不清的散文集、小品集、随笔集收录过。只是在"小说集"里头我还没有看到过一回。可是，在我的眼光里，《初恋》是一篇出色的短篇，尽管它一千个字都不到。

《初恋》的故事简单极了，"我"害了一场单相思，爱着一个不知道年纪、名字，没有说过一句话，不敢正视的女孩子，而最大的波澜仅仅是宋姨太太的一句诅咒：这个排行第三的"小东西"也"不是好货"，"将来总要流落到拱辰桥去做婊子的。"拱辰桥在哪儿，不知道；婊子是什么，不知道，能肯定的是，数月之后男仆带回了一个坏消息，"杨家三姑娘患霍乱死了。"

我不知道我为什么如此喜爱这则"短篇"，其实"短篇"里头并没有什么，只有"我"的一点枉然的努力，"我"的一点喜悦，一点不快,不快过后无力回天的一点平静。如斯罢了。实在是没有故事的故事。周作人只是从故事的周围绕了一圈,给了作品一种氛围,或笼罩,这笼罩便"罩"在了我们的某个痛处,而痛便弥漫了。无声无息。你找不到伤口在哪儿。故事完了。

可是"故事"又复杂极了。它涉及了八个人物,连同一只叫"三花"的猫,"故事"纠集了相当复杂的世故纵深,人物内心的底色、背景,"故事"的起因、过程、跌宕、结局,以及情绪的大幅度飘动。尽管它只有一千个字。

它不仅是迂回、氛围、笼罩,还有"干货",有实实在在的细节和最性格的人物言语,也许还有最"前卫"的心理分析,虽然它一千个字都不到。

突然就想起鲁迅的杂文和周作人的随笔来了。鲁迅的杂文我相信我读得不算少了,有一小部分甚至相当熟悉了。可是,大先生的文字每一次再读都仿佛是头一遭面对,那样触目,那样动魄,你不能不赞叹大先生的"出手",宛如"武侠"里的小李飞刀,例不虚发,寒光一闪就直逼丑恶的"七寸"。你只能从雪地上的血痕去品味大先生的小、快、灵与稳、准、狠。难怪大先生自己也把自己的文字喻为"匕首"的。的确,大先生不是迫击炮,炮弹震天动地,而小丑们依旧可以藏在掩体内撕咬鸡大腿,或吹几句小口哨;大先生也不是原子弹,炫目的蘑菇云下面战士与苍蝇们一起涂炭。大先生就是匕首,指哪儿,打哪儿,十环命中。说打你眼珠绝不打眉毛。

知堂老人其实也有一等的"十环"功夫。不过在大部分情况下,知堂老人不出手。知堂老人只为我们画出一个圆,更多的时候甚至是半个圆，然后就丢手了。但是你从他的"半个圆"上一眼就能明了"十环"的位置。他点出要害，却不玩小李飞刀，弄不懂为什么。用这位在家和尚自己的话说，叫作"我也有点儿说不上来"。

我不是学者，绝对没有比较鲁迅和周作人的意思，那是我的学养力所不能及的。而且明明是说小说，怎么又扯到杂文和随笔上去了，实在是跑了题目了。其实我只是想说，在鲁迅小说的"底子"上头，依旧有一种杂文的"作法"，隐含了一种直面与"呐喊"的战士气质。这种气质使先生区别于一般，使他最终成为现代白话文小说史上最伟大的短篇大师，使他的短篇最终成为现代白话小说中最杰出的范本。然而，我又有些固执地以为，周作人的一小部分随笔里头，似乎潜伏了"另一种小说"的"小说法"。比如说《初恋》。至少，作为前期的周作人，即使他不能或不愿"呐喊"，"彷徨"的可能似乎还是有的（这句话并不代表鄙人对《呐喊》与《彷徨》的艺术评判——作者注）。倘如此，在鲁迅这座短篇大师的高峰一侧，周作人或许会有另一种风光的。当然我也知道我这话说得有些无理了，人和人终究是不一样的，正如鲁迅为我们这个民族战斗了一生，而周作人却可以和他的"朋友"们"共荣"去。况且谁也没有义务一定去做小说家的。我只是就另一种小说的"技术"而言，在读完鲁迅，过把瘾之后，希望着能够看看"周作人的小说"，我说的当然不是《孤儿记》。明知不可能，便只有"硬"说了。我不知道为什么。这真是"我也有点儿说不上来"。

货真价实的古典主义

　　阅读是必须的,但我不想读太多的书了,最主要的原因还是这年头的书太多。读得快,忘得更快,这样的游戏还有什么意思? 我调整了一下我的心态,决定回头,再一次做学生。——我的意思是,用"做学生"的心态去面对自己想读的书。大概从前年开始,我每年只读有限的几本书,慢慢地读,尽我的可能把它读透。我不想自夸,但我还是要说,在读小说方面,我已经是一个相当有能力的读者了。利用《推拿》做宣传的机会,我对记者说出了这样的话:"一本书,四十岁之前读和四十岁之后读是不一样的,它几乎就不是同一本书"。话说到这里也许就明白了,这几年我一直在读旧书,也就是文学史上所公认的那些经典。那些书我在年轻的时候读过。——我热爱年轻,年轻什么都好,只有一件事不靠谱,那就是读小说。

　　我在年轻的时候无限痴迷小说里的一件事,那就是小说里的爱情,主要是性。既然痴迷于爱情与性,我读小说的时候就只能跳着读,我猜想我的阅读方式和刘翔先生的奔跑动作有点类似,跑几步就要做一次大幅度的跳跃。正如青蛙知道哪里有虫子——蛇知道哪里有青蛙——獴知道哪里有蛇——狼知道哪里有猿一样,年轻人知道哪里有爱情。我们的古人说:"书中自有颜如玉",它概括的就是年轻人的阅读。回过头来看,我在年轻时读过的那些书到底能不能算作"读过",骨子里是可疑的。每一部小说都是一座迷宫,迷宫里必然有许多交叉的小径,即使迷路,年轻人也会选择最为香艳的那一条:哪里有花蕊吐芳,哪里有蝴蝶翻飞,年轻人就往哪里跑,然后,自豪地告诉朋友们,——我从某某迷宫里出来啦!

出来了么?未必。他只是把书扔了,他只是不知道自己错过了什么。

《德伯家的苔丝》是我年轻时最喜爱的作品之一,严格地说,小说只写了三个人物,一个天使,克莱尔;一个魔鬼,没落的公子哥德伯维尔;在天使与魔鬼之间,夹杂着一个美丽的,却又是无知的女子,苔丝。这个构架足以吸引人了,它拥有了小说的一切可能。我们可以把《德伯家的苔丝》理解成英国版的,或者说资产阶级版的《白毛女》:克莱尔、德伯维尔、苔丝就是大春、黄世仁和喜儿。故事的脉络似乎只能是这样:喜儿爱恋着大春,但黄世仁却霸占了喜儿,大春出走(参军),喜儿变成了白毛女,黄世仁被杀,白毛女重新回到了喜儿。——后来的批评家们是这样概括《白毛女》的:旧社会使人变成鬼,新社会使鬼变成人。这个概括好,它不仅抓住了故事的全部,也使故事上升到了激动人心的"高度"。

多么激动人心啊,旧社会使人变成鬼,新社会使鬼变成人。我在芭蕾舞剧《白毛女》中看到了重新做人的喜儿,她绷直了双腿,在半空中一连劈了好几个叉,那是心花怒放的姿态,感人至深。然后呢？然后当然是"剧终"。

但是，"高度"是多么令人遗憾，有一个"八卦"的、婆婆妈妈的，却又是必然的问题《白毛女》轻而易举地回避了：喜儿和大春最后怎么了？他们到底好了没有？喜儿还能不能在大春的面前劈叉？大春面对喜儿劈叉的大腿，究竟会是一个什么样的男人？

新社会把鬼变成了人。是"人"就必然会有"人"的问题，这个问题不在"高处"，不在天上，它在地上。关于"人"的问题，有的人会选择回避，有的人却选择面对。

《德伯家的苔丝》之所以不是英国版的、资产阶级版的《白毛女》，说白了，哈代选择了面对。哈代不肯把小说当作魔术：它没有让人变成鬼，也没有让鬼变成人，——它一上来就抓住了人的"问题"，从头到尾。

人的什么问题？人的忠诚，人的罪恶，人的宽恕。

我要说，仅仅是人的忠诚、人的罪恶、人的宽恕依然是浅表的，人的忠诚、罪恶和宽恕如果不涉及生存的压力，它仅仅就是一个"高级"的问题，而不是一个"低级"的问题。对艺术家来说，只有"低级"的问题才是大问题，道理很简单，"高级"的问题是留给伟人的，伟人很少。"低级"的问题则属于我们"芸芸众生"，它是普世的，我们每一个人都无法绕过去，这里头甚至也包括伟人。

苔丝的压力是钱。和喜儿一样，和刘姥姥一样，和拉斯蒂尼一样，和德米特里一样。为了钱，苔丝要走亲戚，故事开始了，由此不可收拾。

苔丝在出场的时候其实就是《红楼梦》里的刘姥姥,这个美丽的、单纯的、"闷骚"的"刘姥姥"到荣国府"打秋丰"去了。"打秋丰"向来不容易。我现在就要说到《红楼梦》里去了,我认为我们的"红学家"对刘姥姥这个人的关注是不够的,我以为刘姥姥这个形象是《红楼梦》最成功的形象之一。"黄学家"可以忽视她,"绿学家"也可以忽视她,但是,"红学家"不应该。刘姥姥是一个智者,除了对"大秤砣"这样的高科技产品有所隔阂,她一直是一个明白人,所谓明白人,就是她了解一切人情世故。刘姥姥不只是一个明白人,她还是一个有尊严的人,——《红楼梦》里反反复复地写她老人家拽板儿衣服的"下摆",强调的正是她老人家的体面。就是这样一个明白人和体面人,为了把钱弄到手,她唯一能做的事情是什么?是糟践自己。她在太太小姐们(其实是一帮孩子)面前全力以赴地装疯卖傻,为了什么?为了让太太小姐们一乐。只有孩子们乐了,她的钱才能到手。因为有了"刘姥姥初进荣国府",我想说,曹雪芹这个破落的文人就比许许多多的"柿油党"拥有更加广博的人民心。

刘姥姥的傻是装出来的,是演戏,苔丝的傻——我们在这里叫单纯——是真的。刘姥姥的装傻令人心酸;而苔丝的真傻则叫人心疼。现在的问题是,这个真傻的、年轻版的刘姥姥"失贞"了。对比一下苔丝和喜儿的"失贞",我们立即可以得出这样的判断:喜儿的"失贞"是阶级问题,作者要说的重点不是喜儿,而是黄世仁,也就是黄世仁的"坏";苔丝的"失贞"却是一个个人的问题,作者要考察的是苔丝的命运。这个命运我们可以用苔丝的一句话来做总结:"我原谅了你,你(克莱尔,也失贞了）为什么就不能原谅我？"

是啊，都是"人"，都是上帝的"孩子"，"我"原谅了"你"，"你"为什么就不能原谅"我"？问题究竟出在哪里？上帝那里，还是性别那里？性格那里，还是心地那里？在哪里呢？

二〇〇八年五月十日，我完成了《推拿》。三天之后，也就是五月十二日，汶川地震。因为地震，《推拿》的出版必须推迟，七月，我用了十多天的时间做了《推拿》的三稿。七月下旬，我拿起了《德伯家的苔丝》，天天读。即使在北京奥运会的日子里，我也没有放下它。我认准了我是第一次读它，我没有看刘翔先生跨栏，小说里的每一个字我都不肯放过。谢天谢地，我觉得我能够理解哈代了。在无数的深夜，我只有眼睛睁不开了才会放下《德伯家的苔丝》。我迷上了它。我迷上了苔丝，迷上了德伯维尔，迷上了克莱尔。

事实上，克莱尔最终"宽恕"了苔丝。他为什么要"宽恕"苔丝，老实说，哈代在这里让我失望。哈代让克莱尔说了这样一句话："这几年我吃了许多苦。"这能说明什么呢？"吃苦"可以使人宽容么？这是书生气的。如果说，《德伯家的苔丝》有什么软肋的话，这里就是了吧。如果是我来写，我怎么办？老实说，我不知道。我的直觉是，克莱尔在"吃苦"的同时还会"做些"什么。他的内心不只是出了"物理"上的转换，而是有了"化学"上的反应。

——在现有的文本里，我一直觉得杀死德伯维尔的不是苔丝，而是苔丝背后的克莱尔。我希望看到的是，杀死德伯维尔的不是苔丝背后的克莱尔，直接就是苔丝！

我说过,《德伯家的苔丝》写了三件事,忠诚、罪恶与宽恕。请给我一次狂妄的机会,我想说,要表达这三样东西其实并不困难,真的不难。我可以打赌,一个普通的传教士或大学教授可以把这几个问题谈得比哈代还要好。但是,小说家终究不是可有可无的,他的困难在于,小说家必须把传教士的每一句话还原成"一个又一个日子",足以让每一个读者去"过"——设身处地,或推己及人。这才是艺术的分内事,或者说,义务,或者干脆就是责任。

在忠诚、罪恶和宽恕这几个问题面前,哈代的重点放在了宽恕上。这是一项知难而上的举动,这同时还是勇敢的举动和感人至深的举动。常识告诉我,无论是生活本身还是艺术上的展现,宽恕都是极其困难的。

我们可以做一个逆向的追寻:克莱尔的宽恕(虽然有遗憾)为什么那么感人?原因在于克莱尔不肯宽恕;克莱尔为什么不肯宽恕?原因在于克莱尔受到了太重的伤害;克莱尔为什么会受到太重的伤害?原因在于他对苔丝爱得太深;克莱尔为什么对苔丝爱得那么深?原因在于苔丝太迷人;苔丝怎么个太迷人呢?问题到了这里就进入了死胡同,唯一的解释是:哈代的能力太出色,他"写得"太好。

如果你有足够的耐心,你从《德伯家的苔丝》的第十六章开始读起,一直读到第三十三章,差不多是《德伯家的苔丝》三分之一的篇幅。——这里所描绘的是英国中部的乡下,也就是奶场。就在这十七章里头,我们将看到哈代——作为一个伟大小说家——的全部秘密,这么说吧,在我阅读这个部分的过程中,我的书房里始终洋溢着干草、新鲜牛粪和新鲜牛奶的气味。哈代事无巨细，他耐着性子，一样一样地写，苔丝如何去挤奶，苔丝如何把她的面庞贴在奶牛的腹部，苔丝如何笨拙、如何怀春、如何闷骚、如何不知所措。如此这般，苔丝的形象伴随着她的劳动一点一点地建立起来了。

我想说的是，塑造人物其实是容易的，它有一个前提，你必须有能力写出与他（她）的身份相匹配的劳动。——为什么我们当下的小说人物有问题，空洞，不可信，说到底，不是作家不会写人，而是作家写不了人物的劳动。不能描写驾驶你就写不好司机；不能描写潜规则你就写不好导演，不能描写嫖娼你就写不好足球运动员，就这样。

哈代能写好奶场，哈代能写好奶牛，哈代能写好挤奶，哈代能写好做奶酪。谁在奶场？谁和奶牛在一起？谁在挤奶？谁在做奶酪？苔丝。这一来，闪闪发光的还能是谁呢？只能是苔丝。苔丝是一个动词，一个"及物动词"，而不是一个"不及物动词"。所有的秘诀就在这里。我见到了苔丝，我闻到了她馥郁的体气，我知道她的心，我爱上了她，"想"她。毕飞宇深深地爱上了苔丝，克莱尔为什么不？这就是小说的"逻辑"。

要厚重，要广博，要大气，要深邃，要有历史感，要见到文化底蕴，要思想，——你可以像一个三十岁的少妇那样不停地喊"要"，但是，如果你的小说不能在生活的层面"自然而然"地推进过去，你只有用你的手指去自慰。

《德伯家的苔丝》之大是从小处来的。哈代要做的事情不是铆足了劲，不是把他的指头握成拳头，再托在下巴底下，目光凝视着四十五度的左前方,不是。哈代要做的事情仅仅是克制,按部就班。

必须承认,经历过现代主义的洗礼,我现在迷恋的是古典主义的那一套。现代主义在意的是"有意味的形式",古典主义讲究的则是"可以感知的形式"。

二〇〇八年十二月二十四日,平安夜,这个物质癫狂的时刻,我已经有了足够的"意味",我多么地在意"可以感知的形式"。窗外没有大雪,可我渴望得到一只红袜子,红袜子里头有我渴望的东西:一双鞋垫,——纯粹的、古典主义的手工品。它的一针一线都联动着劳动者的呼吸,我能看见面料上的汗渍、泪痕、牙齿印以及风干了的唾沫星。(如果)我得到了它,我一定心满意足;我会在心底喟叹:古典主义实在是货真价实。

《朗读者》，一本没有让我流泪的书

　　《朗读者》一直围绕着一个核心，那就是"识字"。可以这样说，就小说的外部结构而言，女主人公汉娜的不识字支撑并推动了整部小说。施林克到底是写侦探小说的高手，在推动作品的进程方面，他真的是一个行家。

　　现在，我要说的不只是这些。如果说，《朗读者》仅仅是故事推进得漂亮，它充其量也就是一部引人入胜的读物，永远也上升不到伟大小说的高度。事实上，围绕着"识字"和"不识字"，小说的另一个核心出现了，那就是尊严。我愿意把《朗读者》理解成一部关于尊严的书。伴随着尊严，我们看到了暴戾、残忍、无奈、软弱、忏悔与宽容。

　　小说其实是简单的。必须承认，在读第一章的时候，我以为我读到了一部德国版的《洛丽塔》。整整一章，充斥着狂乱和铺张的性，性的侵略与反侵略，性的渴望与更渴望。第一章是妖荡的，撩人的，一开头就不同凡响。一个十五岁的病中男孩在路上呕吐了，意外得到了一个中年妇女——女主人公汉娜——的照顾。我们来看看这个中年妇女是怎么照顾男孩的，她旋开龙头，"窝着两只手掌掬着清水，泼在我脸上算是给我洗脸"，这时候我们还不知道女主人公汉娜曾经是一个"不识字"的纳粹。她拙劣和粗暴的关怀说明了一点,即使表达的是最为天然的母性,她的举动也伴随着党(纳粹)性。我要说的是,我喜欢施林克在第一章中的性描写,施林克的性描写具有罕见的宽度,这个宽度成就了汉娜的复杂性。汉娜是情人,是恶煞,是蛋白质女人,是刹那的天使,是灵光一现的母亲,是患有洁癖的行为艺术家,是床上的饕餮,是导师,是幼稚的求知者。是的,她最终还是枕头边上的纳粹。她的身上洋溢着矛盾百出的复杂气质,也就是小说中她身上复杂的"气味"。这气味让十五岁的小男人不能自拔,萦绕了他的终生。——汉娜的复杂性其实也正是人性的可能性。

正如我读第一章的时候以为《朗读者》是德国版的《洛丽塔》一样,到了第二章,我把《朗读者》看成了德国版的《局外人》,至少,从表面上看是这样的。从第二章开始,小说不再妖荡,不再撩人,它滑过你的眼角膜,揪住了你的心。严格地说,到了第二章,虽然小说依然围绕着汉娜,但小说的主人公已经不再是她,甚至也不是"我",米夏·伯格,早已长大成人的病中男孩,是"我"的内心的艰难处境。我说过,《朗读者》的核心是"识字",现在,核心的意义展现出来了,在审判纳粹的法庭上展现出来了。真正的问题不是汉娜识不识字,真正的拷问在于,"我"有没有勇气在伤害自己的前提下对法庭说出真相。我为什么说读《朗读者》联想起《局外人》呢,是《朗读者》的"我"和《局外人》的"我"一样,最终选择了麻木,——虽然意义是完全不一样的。一个是"我"就是想麻木,一个是"我"只能麻木。但是,"只能麻木"是有前提的,那就是为麻木预备好借口,"我"的借口是为了汉娜的尊严。我以为,这部小说最为精彩的部分就在这里。它紧张、刺激,却又表现得波澜不惊。在保存汉娜"尊严"的借口下面,"我"保存了自己的"尊严"。这个"尊严"是局外人的"尊严"。为了这个"尊严","我"参与了对罪人的谋杀,是用"原罪"去审判"原罪"。从这个意义上说,《朗读者》是我读到的关于第三帝国"第二代"最为深刻的反思小说。作为一个小说家,我特别想补充一点,作为"文革"的第二代,我认为,中国文学关于"文革"的书写不仅不应当草率地结束,而应当重新开始。有些事你是不可以推给商人和民工去做的,它必须由作家来做,起码,作家应当参与来做。经历和参与绝对不是一码事,它们的区别和左手与右手的区别一样大。

正因为如此,我在阅读《朗读者》第三章的时候没有了任何错觉。它不可能是别的什么,不是,它是《朗读者》,只能是《朗读者》。它是庄严的,却又是柔弱的。因为柔弱,显得抒情了。其实第三章并不抒情,但是,我是那样地被打动。在第三章里,"我"这个"朗读者"开始了他的再一次的朗读,他把一捆又一捆的磁带邮寄到了监狱,这是顺理成章的事,让我动容的是第三章的第六节,就在第一节,施林克写道:

> 这是一种时而喋喋不休,时而沉默寡言的交流。当交流进行到第四年时,从监狱来了一纸问候:"小家伙,上一个故事特别好! 谢谢! 汉娜。"

文盲汉娜会写字了,如果小说就在这里结束,我想,合上书之后我会流泪。事实上,我的泪并没有流出来,因为小说并没有结束。我相信了莫言对我说过的一句话:"最好的小说一定是叫人欲哭无泪的。"是。反思是了不起的,忏悔是了不起的,然而,如果这一切都离开了日常性,或者说,只局限于精神而不能构成日常行为,这种"了不起"只能是"理论上"的。《朗读者》最惊心动魄的地方就在于,当监狱把汉娜要出狱的消息告诉了"我"之后,换句话说,当出狱后的汉娜有可能成为"我"日常生活中的麻烦的时候,"我"畏惧了。作者对"我"在这个时候的内心描绘显示出了一个好作家的残酷。汉娜还是在出狱的当天早上自杀了,我想,她真的是为了尊严而死的。

好作家常常是不道德的。即使泪水已经到了读者的眼眶了,他也不愿意让你痛痛快快地流下来。我只能说,这是一种职业道德,除非你愿意违背你对人性的基本认识,愿意违背你对人性的基本判断。好作家的手不可以抖。你一定要抖,可以,你把笔先放下来。等抖完了,再把你的笔拿起来。

《朗读者》,一本没有让我流泪的书。

行为与解放

在我的眼里，《红高粱》首先是一首关于"行为"的诗篇。这个"行为"也可以理解成体育比赛里的"自选动作"。严格地说，直到二十世纪的八十年代，我们的当代文学依然缺少人物的行为，我们能够看到的其实只是集体操里头的"规定动作"。《红高粱》的出现使我们当代文学的人物一下子生动起来了，我们发现，我们小说中的人物也会走路了，他(或她)在小说的内部健步如飞，可以从小说的这一头一直奔跑到小说的那一头，这和作家背着人物在作品中步履蹒跚是不一样的。在《红高粱》里，我们可以清晰地看到"我爷爷"和"我奶奶"光滑的身躯在汉字的背后蚯蚓一样蠕动。我要说，张艺谋是聪明的，他在恰当的时候把《红高粱》的"行为"用摄像机的镜头放大了，并用高粱叶子妖荡的扭动做了背景。后来满世界都知道了，遥远的东方不只有神秘、阴森、心机和小脚，也有狄奥尼索斯(酒神)，他在尖锐而又古怪的乐声(唢呐)中为所欲为。什么叫"为所欲为"？简单地说，就是自主的行为与能力。我一直认为，"行为"是小说的硬道理。

在"行为"之外，《红高粱》还是一首"解放"的诗篇，这和

"行为"是一而二,二而一的。在《红高粱》之前,我还没有从别的中国作家的身上如此强烈地感受到小说是"人"写的,——作家的眼、耳、鼻、舌、身,他流动的血液,他的心脉,他勇敢的、无坚不摧的力比多一股脑儿和汉字搅和在一起了。我至今还记得我读《红高粱》的时候所受的刺激(那时候我还是一个在校的大学生。)——这刺激是多么简单,那就是,我充分地看到了、听到了、闻到了、触摸到了。我为《红高粱》的有效而振奋不已。不好意思,在这里我要透露我的一个小秘密,1988年,我去了一趟疯长红高粱的高密。在高密,我看了,听了,闻了,摸了。高密之行的目的是瑰丽的,朴素的,也许还是基本的,作为一个人,我用文学的方式使用了我自己。

说到这里我必须强调,《红高粱》产生的时候,"身体"还不是一个有趣的概念,它散发着难以启齿的气息,我们在拒绝皮肤的反光。而那个时候的作家呢,作家的身体总和他们的作品保持着距离,彼此都很矜持,遥不可及。透过作品,我们很难感受到作者的血液流动,他的心脉,他的胃液分泌,他蛮横的、无坚不摧的力比多。《红高粱》一下子使我们的小说拥有了"自由感知",它使你相信,小说家的器官原来是长在小说里的,同样,小说原来是长在小说家身上的,你一定要让它们分开,只有像日本人对付罗汉大叔一样,把他的皮扒了。

在合适的作家与合适的文本之间,因为"自由感知"的存在,作家与文本有效地构成了互文,它们彼此激荡,行风,行云,行雨,仿佛一场艳遇,所以惊天动地。

可是我还是认为,"自由感知"是不能完成小说的,《红高粱》的贡献就在于,作家把自身的"自由感知"最终上升到了他人的"行为",是"行为"构成了关系,是"关系"支撑了小说。

在中国当代文学的进程中,我不敢说《红高粱》为我们提供了一则上限,不,我不会这样说。上限是不存在的。可是,我可以说,《红高粱》为我们给出了一个下限:小说到了这儿才能叫小说。小说必须是"人"写的,前提是,你这个"人"必须是解放的,起码,你的内心充满了解放的动机。为此,你不惜让自己的内心变成一个马蜂窝。

小说是没有用的,如果一定要有,是它所提供的争取自由的姿态,这个姿态可以是自觉的,也可以是不自觉的。只要这个姿态在,自觉有自觉的价值,不自觉有不自觉的价值。话说到这里我就想表达这样的意思:小说其实还是有用的。小说有它的人文性,它的人文性就在于,它为我们提供了这样的一个机遇,我们可以透过小说考察一下,"人"的可能性究竟到了怎样的一种程度。这种程度有可能表现为一种现实,也有可能表现为一种意愿,或幻想。

《红高粱》的天纵才情为我们八十年代中、后期的人们提供了一次幻想,这幻想具有坚定的现实性,它告诉我们,我们的尊严,我们的方法也许就在里头。

找出故事里的高粱酒

"外面的世界很精彩",这是一首歌,它歌咏的是莫言的写作。

"他(我爷爷)把早就不中用了的罪恶累累也战功累累的勃朗宁手枪对准长方形的马脸抛去,手枪笔直地飞到疾驰来的马额上,发出沉闷的撞击声。红马脖子一扬,双膝突然跪地,嘴唇先吻了一下黑土,脖子随即一歪,脑袋平放在黑土上。骑在马上的日本军人猛地掼下马,举着马刀的胳膊肯定是断了。因为我父亲看到他的刀掉了,他的胳膊触地时发出一声脆响,一根尖锐的、不整齐的骨头从衣袖里刺出来,那只奄拉着的手成了一个独立的生命无规律地痉挛着。骨头刺处衣袖的一瞬间没有血,骨刺白疹疹的,散着阴森森的坟墓气息,但很快就有一股股的艳红的血从伤口处流出来,血流得不均匀,时粗时细,时疾时缓,基本上像一串串连续出现又连续消失的鲜艳艳的红樱桃。他的一条腿压在马肚子下,另一条腿却跨到马头前,两条腿拉成一个巨大的钝角。父亲十分惊讶,他想不到高大英武的洋马和洋兵竟会如此不堪一击。爷爷从高粱棵子里哈着腰钻出来,轻轻唤一声:

"'豆官。'"

这一段文字我们是如此的熟悉，它来自《红高粱家族》的《狗道》。附带说一句，在莫言庞大的作品系列中，我认为《狗道》是他最为杰出的作品之一。我为《狗道》没有赢得"萝卜"与"高粱"同等的关注而深表遗憾。莫言的天分与《狗道》结合得格外紧凑。《狗道》写得很"浑"，不是"浑浊"的"浑"，是"浑蛋"的"浑"。用北京人不讲逻辑的说法，《狗道》是"浑不吝"的，很牛。

在这段不长的文字里大量地充斥着名词。他——我爷爷、勃朗宁、长方形、马脸、手枪、马额、红马脖子、双膝、嘴唇、黑土、脑袋、日本军人、马刀、我父亲、胳膊、骨头、衣袖、手、血、骨刺、坟墓、伤口、红樱桃、腿、马肚子、马头、钝角、洋马、腰、豆官。我要说，小说美学的根基在语言，语言的根基在词汇，词汇的根基在名词。只有名词所构成的小说才有可能成为真的小说。衡量一部小说的优劣往往有一个最为简单的办法，也是最为基础的办法，我们可以统计它的名词量。名词是硬通货。没有硬通货而只有观念与情感的文字有可能是好的论述，好的诗篇，但是，不可能是好的小说。这里的原因不复杂，小说是要建立世界的，名词是木柴、砖头和石头，或者说，是钢筋、水泥与黄沙。

新时期以来，第一个让我茅塞顿开的作家是马原，这一点我要认。马原为我们的汉语写作提供了新语言，——这差不多已经是被定论的了。几乎就在同时，另一个让我茅塞顿开的作家出现了，他是莫言。如果说，马原为我们的新小说提供了新语法，那么，莫言为我们提供的则是语言的对象。这个对象就是外面的世界。

这个世界上还有不涉及"外面的世界"的小说么？有。这就要回顾历史了。所谓的新时期文学有一个背景，那就是"绝对意识形态文学"。"绝对意识形态文学"是我生造的一个词，它不一定很准确。在相当长的时间里，我们的汉语小说里只有灵魂——我更愿意把它说成是立场或站队——没有别的。透过小说，我们看不到这个世界。这个世界是一个黑洞。我们的文学是"伪问题"下面的"伪世界"。我们的"日常经验"与小说所提供的"文学经验"是旷野上的马和牛，我们的阅读只能是风马牛。

这就是为什么"我就是那个叫马原的汉人"会具有非凡的意义，这就是为什么莫言铺张的、骁勇的、星罗棋布的、忽如一夜春风来的名词会具备时代的价值。他们不是先知，不可能是。但他们硬是把先知的活偷偷地给干了。

除了阶级、立场、站队、罪大恶极与罄竹难书，这个世界还有光，还有水，还有星空、数目、果实、飞鸟、畜生、昆虫、野兽。这些都是"神"造的，"神看着是好的。"当然，还有人，人和人的相爱，相仇，相助和相妒。

从什么时候开始，我们的小说就只剩下"人与人"了呢？只有人与人的阶级，只有人与人的揭发，只有人与人的正确与错误，光辉与罪恶。别的呢？别的都到哪里去了？

那时候的小说只要两句话就可以概括了：

"你坏！"

"去你妈的，是你坏！"

我这就回忆起一九八六年了。这时候已经是"新时期"了吧？一九八六年，我读到了莫言。我第一次阅读莫言的时候产生了一个令我战栗的念头，也许还是一个令我不好意思的念头——莫言的小说是我写的！这些小说之所以是莫言的，他只是比我抢先了一步。

我的意思是，我从莫言的小说里看到了"我"的世界。莫言的世界和"我"有关。我熟悉莫言小说里的所有"物质"，作为"物质"的对应物，我就仰起了脑袋，不可救药地爱上了那些硕果累累的名词。莫言的名词令我眼花缭乱，在耳朵里"嗡"啊"嗡"的。我就馋，还饿。

名词是奇妙的，它从来不孤立，它们有内在的逻辑。即使那些名词原先是孤立的，经过艺术家的排列与组合，一个奇妙的天地就这样呈现在了我们的面前，或天堂，或地狱，或人间。

回到我在文章的一开头所引用的文字，透过爷爷、马脸、红马脖子、双膝、嘴唇、黑土、脑袋、我父亲、胳膊、骨头、手、血、坟墓、马肚子、马头、腰，我们容易得出一个合理的印象，这是一幅自然主义的画面，是标准的"外面的世界"。

问题是，"长方形"和"钝角"这两个狗杂种夹杂在里头。这是两个数理名词，或者说，概念。在很"自然主义"的图画当中，这两个名词和它们的同类失去了关联，它们是幺蛾子。它们扑棱扑棱的，通身洋溢着巫气般的粉尘。在一个血光入注（红樱桃这个姣好的名词强化了它）的世界里，"长方形"和"钝角"是突兀的，像黄河之水，是从天上来的。可是，当你把"长方形"和"钝角"还原到句子里头，它们又是那样的合适，再恰当不过了。这两个名词就该长在那儿。红杏枝头春意闹。

问题的关键是"我父亲"。"我父亲"这个名词是何等地关键,它在所有的名词那里游走。这一走,所有的名词合理了,有了奇妙的搭配。在这里,"我父亲"不再是一个名词,一个概念。它是一个视角,一个世界观,一个方法论。"它"决定了这个世界驳杂和斑斓的色彩,"它"决定了一些鬼祟的、直通灵魂的声响,"它"还决定了气味、味道、形状、节奏、速度。外面的世界真精彩。

在"我父亲"的神灵的引导下,一大堆的名词扑面而来。有的有翅膀,有的没有翅膀;有的有羽毛,有的没有羽毛;有的有胳肢窝的气味,有的没有胳肢窝的气味;有的华光四射,有的一片瓦灰。我所熟悉的世界陌生了。

名词与名词之间是有落差的,落差越大,世界越大,世界内部的张力越大。

莫言就这样肆意地破坏了名词之间的逻辑性。他把公牛弄成了足球,他把足球弄成了汤圆,他把汤圆弄成了冰山,他把冰山弄成了冰淇淋。阅读莫言总是刺激的。春风不用一钱买。

说到这里我就要说出我的一个小秘密,我一直认为莫言是个酒鬼。他的写作总是在豪饮之后。我这样说当然有我的理由,这个理由就是,在莫言的笔下,名词与名词之间始终洋溢着浓郁的酒意。它们不安分。躁动。有时候甚至狂暴。我甚至还想起了罗曼·罗兰对克利斯朵夫的描述:他(克利斯朵夫,在酒席上)把各种各样的颜色往肚子里灌。许多人都不胜酒力,抱着脑袋摇摇晃晃地撞墙了。莫言却回家了。他打着酒嗝,用他笨拙的手指头野蛮地撞击他的键盘。在"各种各样的颜色"驱动下,莫言打开了他的一个世界,这世界汪洋恣肆。

很遗憾,莫言不是一个饮者。这没关系。我已经原谅他了,我也已经原谅我自己了。但现在的问题是,在莫言的名词与名词之间,为什么始终都带着酒意?

面对"外面的世界",小说家的心态无非是两种,一、追求"一比一"的关系——尽自己的最大可能"原原本本"地复述、描摹,远古时期的希腊人把这种方式叫作"模仿",也就是我们通常所说的"再现";二、变形——变形又有两种情况:1. 往回收,罗兰·巴特就是这么说的,但是,干得最漂亮的却是加缪,他的《局外人》可以说是"往回收"的典范;2. 扩张,莫言就是这样。这两种方式也就是所谓的"表现"吧。

接下来的问题必然是接踵而至的,莫言为什么要"扩张"他的世界?他的目的究竟是什么?

莫言钟情于一样东西,这个东西叫"热烈"。莫言的扩张不在体量上,而在动态和温度上。他喜欢剧烈,他喜欢如火如荼。他甚至喜欢白热化。

事实上,面对自己即将表达的外部世界,每一个作家都有自己所喜爱的调调,余华?余华是收着的,我们可以清晰地听到余华的鼻息。我们完全有理由把余华看作东方的加缪。苏童却是扩张的,但他的扩张却来得有点蹊跷,他喜欢在"湿度"上纠缠。苏童的世界永远是湿漉漉的,像少妇新洗的头发,紧凑、光亮,有一垄一垄的梳齿痕,很性感。

莫言就不一样了,莫言雄心勃勃。面对莫言的文字,我们可以得出一个最具底线的判断,他雄心勃勃。他的器官较之于一般的男人要努力得多。它们更投入。莫言沉醉于自己的世界，这个世界是立体的、完整的。然而，最终的结果却让我们大惊失色，莫言把他完整的世界敲碎了。他要的不是完整。他要的是热烈的、蓬勃的、纷飞的碎片。

话说到这里一切都简单了，莫言是个悲观的家伙。他利用一切可以利用的名词，顺理成章地或不顺理却成章地建造他的世界，批评家们所说的"金沙俱下"就是这么来的。但我以为许多人对莫言还是误解了，我们还是没有好好地正面莫言的"过犹不及"。

"父亲眼前一道强光闪烁，紧接着又是一片漆黑。爷爷刀砍日本马兵发出潮湿的裂帛声响，压倒了日本枪炮的轰鸣，使我父亲耳膜振荡，内脏上都爆起寒栗。当他恢复视觉时，那个俊俏年轻的日本马兵已经分成两段。刀口从左肩进去，从右肋间出去，那些花花绿绿的内脏，活泼地跳动着，散着热烘烘的腥臭。父亲的肠胃缩成一团，猛弹到胸膈上，一口绿水从父亲口里喷出来。父亲转身跑了。"（《狗道》）

老实说，阅读这样的文字对我们是一个考验。就局部来看，莫言真的是"过犹不及"的。他这样疯狂地面对"外面的世界"有必要么？那么多的名词有必要么？我要说，有。我这样说是在比较全面地阅读了莫言之后，他真是悲观。说到底，莫言所谓的"外面的世界"并不是"外面的世界"，而是他"内部的世界"："我们"残忍。我们在肢解，在破坏，在撕咬这个世界。

他让这个世界璀璨是假的。他让这个世界斑斓是假的。两句话，他让这个世界热烈也是假的。他的目标是破碎。为了让破碎来得更野蛮,更暴戾,他让这个世界光彩夺目,他让这个世界弥漫着瓷器的华光,那是易碎的前兆。

"一九五八年,他(父亲)历尽千难万苦,从母亲挖的地洞里跑出来时,双眼还像少年时期那样,活泼,迷惘,瞬息万变,他一辈子都没有弄清政治,人与社会,人与战争的关系,虽然他在战争的巨轮上飞速旋转着,虽然他的人性的光芒总是力图冲破冰冷的铁甲放射出来,但事实上,他的人性即使能在某一个瞬间放射出璀璨的光芒,这光芒也是寒冷的、弯曲的,掺杂着某种深刻的兽性因素。"(《狗道》)

这一段文字并不好。甚至可以说,有点糟糕。这糟糕直接暴露了莫言,正如美女脸上的表情,偶尔流露的不好看的表情有时候反而是她的真本性。"我们残忍"。这是莫言对世界,对"我们"的一个基本的认识。

"我们"是不是像莫言所说的那样"残忍"? 我们可以商量。我们可以用小说去商量,我们也可以用批评去商量,但是,莫言就是这样认为的。我坚信他的念头不可能是空穴来风。他的工作就是把他的想法"有效"地表达出来。他做到了。他干得很好。他拥有了自己的"世界"。

这就是莫言的基本方式,他为我们提供了一个"精彩"的"外面的世界",它鲜活、丰饶、饱满、多汁。然后,到处都是汁。莫言的美学趣味在"到处都是汁"的刹那里头,像爆炸,像狂野的涂抹,像沉重的破裂。五马分尸,凌迟,檀香刑。

卡尔维诺在论述老托尔斯泰的时候说:"与其说托尔斯泰感兴趣的是颂扬亚历山大一世时的俄罗斯而不是尼古拉一世时

的俄罗斯,倒不如说他感兴趣的是找出故事中的伏特加。"卡尔维诺说得真好。我想模仿他:

与其说莫言感兴趣的是支离破碎的世界而不是一个完好如初的世界,倒不如说他感兴趣的是找到故事中的高粱酒。

高粱酒对莫言有什么用? 有用。他要仗着酒气告诉我们,我们残忍。世界被我们弄成了碎片,焰火一样,——多好看哪。

可这些话莫言平日里是说不出口的,他不好意思。

IV

自　述

一

我喜欢许多东西,其中有一样叫关系,也就是男女关系的关系。我们活在世界上,自然和这个世界就有了关系。这个关系在哪里呢?在我们的感受和判断中。因为是"我们"的感受和判断,这一来就有意思了。人和人不一样,有些人是一块平整的玻璃,透过他,你看到了什么世界就是什么;有些人是凸透镜,从他的身上你只能看到放大的本体,真相永远是巍峨的,阔大的;有些人是凹透镜,所有的一切到了他那儿就缩小了,千丝万缕,纤毫毕现;而有些人干脆就是镜子,他是阻隔,你从镜子里只能看见他自己,当然,还有一些被颠倒的东西。所以,可供所有人信赖的关系是不存在的,有的只是这样一个基本的事实:一个人是一个世界,一个人构成了一种关系。

关系这东西就是这样变得可爱起来的。它有了蛊惑人心的魔力。究竟哪一种关系是可靠的、真实的?你永远也不可能知道。但是,有一种人,他渴望知道,这个人就是作家。作家最渴望得到的是一个数据,那就是,你的感受与判断和这个世界能不能构成1:1的关系。换句话说,你能真正地知道世界的真相么?你凭什么就认准了这个世界是"这样"的呢?

由此,人与人成了一个核心的问题,我们彼此并不知道。它是写作的困境,也是"活着"的困境。

更可怕的一点还在于,这个世界上有极权,极权给我们下了死命令,它告诉我们:"世界就是这样!"如果你认为世界不是"这样",你就必须受到"教育"与"改造",在"教育"与"改造"过后,我们变成了一个浩大的集体,中国人就是这个世界上最大的集体。我们在集体之中,我们为集体而活着。

在许多时候,一个普通的中国人,其实处在泰坦尼克号上。当泰坦尼克要下沉的时候,你只能往下沉。这就是我反反复复在写的东西。我与这个世界究竟可以构成怎样的关系?这是推动我进一步往下写作的基本力量。

二

我的小说,写了很多种类型的人物。但给读者留下较深的印象的,一是农民,一是女性。《玉米》《青衣》,包括我的新书《平原》都是这样。

"五四"之后,面对中国的农民,许多作家都做了很多很好的功课。但是我认为,除了鲁迅以外,大多数都做得并不好。我说做得不好,依据是什么?我的依据是,许多作家都有一个道德癖,在他作为一个精英分子出现的时候,他是带着感情来的,来干什么？来发放同情。我们的文学似乎有了这样的一个铁律：把同情心给了农民，然后，像模像样地洒一两滴泪，他的工作就完成了，同时，他自我美化的壮举也就完成了。鲁迅不这样。鲁迅面对农民的时候，他会仔细地看，正过来看，反过来看，甚至，翻过去看。鲁迅的"农民"立体感要强得多。就凭这一点，鲁迅高出了同代作家一大块。其实，在农民这个话题面前，作家是很难下手的。举一个例子，我有一次到南京师范大学跟同学见面。一个同学到我家去接我，接我的时候路过楼的拐角，几个农民正蹲在那儿。那个同学自言自语说："淳朴的农民。"我立即就停了下来，我说，你怎么知道他是淳朴的？你的依据是什么？我告诉他，"淳朴的农民"是一个判断，你这个判断是你的小学老师、中学老师、大学老师作为一种知识给你的，而不是生活给你的，不是你和农民在一起摸爬滚打，在一起构成了丰富、复杂的人际关系之后得出来的结论。如果你要说淳朴的农民，我希望你把你老师的话全部忘掉，等你和农民有了接触，和农民一起生活、血肉模糊的时候，那时，你说淳朴的农民，我就信。我要说的是，农民身上有淳朴的一面，有绝对善良的一面，但是千万别忘了，农民身上还有极其残忍的一面。可是，对于农民身上的残忍，轻易地去批判，我恰恰又是不敢的。为什么，农民的残忍自有其原因，一旦他失去了残忍，他也许就无法活下去。所以，我首先要关心一个问题，在什么样的环境下面，我们的农民不需要残忍，他还可以体面地活下去！所以，关于农民，这几年我在反反复复地写，其实，每一次写的时候，我都特别地犹疑，特别地困惑。《平原》里写的也是农民问题，但我不敢说，我对农民有了发言权。对我来说,农民问题依然是个巨大的黑洞。

我的小说另外一个人物类型是女性形象。玉米三姐妹,《平原》里的三丫、吴蔓玲,都是我比较用心的对象。谈到这里,我可以引用一位哲学家的话:"只有妇女解放了,社会才会解放。"我想,如果我这样说,很可能体面一点。但是,我不想说谎,我写妇女,动机不在这里。我的动机还是对命运和性格的好奇。在命运和性格面前,写男人和写女人是一样的。有人以为我是一个女权主义者,我不是。女权主义能否成为人文主义之外的一个主义,我是怀疑的。我每一次出门参加活动,都会有人问我同样的问题,你为什么总盯着女人不放?我的回答其实也是一样的,相对于文学来说,人物是无性别的。我没写女人,我写的是人。当然喽,在写作中,我不能犯常识性的错误。比方说玉米若是男人,我不会安排她去生孩子,比方说攸燕秋若是男人,我不会安排她去堕胎。但除此以外,人生中的一些境遇,人内心对疼痛的敏感,人对外部世界的体验,我觉得是一样的。如果作家关注的问题,仅仅是女性的问题而男性可以逃脱;反过来说,如果仅仅是男性的问题而女性可以逃脱,那么我觉得这个作品可以不写。对我来说是这样的。

三

在中国当代作家中,有很多优秀的作家,譬如一出道就达到了极高水准的苏童,他极有天分。譬如后天完成得特别好的王安忆。你问我最热爱谁?莫言。莫言是伟大的小说家。我喜欢他身体好。他身体好不好？我不知道，但我认准了他身体好。当我作为一个读者去看小说的时候，我有点怪的。透过文字，我喜欢看这个作家身体好不好，能不能吃。只要我认为这个作家有非常强健的体魄，我就一定会喜欢他的小说。我觉得莫言身体特别棒，在一次答记者问的时候，我说：莫言有两颗脑袋、三颗心脏、四个胃、八个肾，这个荒谬的感受就是莫言的文字给我造成的印象。透过莫言的文字你感觉到，他有惊人的能量。莫言的那双眼睛多么好，对色彩是多么敏感。你可以发现莫言的耳朵是多么好，不管是公猫叫还是野猫叫，他一听就知道，说什么，他也听得懂。然后，你可以看到莫言的鼻子是多么厉害。他的小说里大量地写许许多多的气味，他写水的气味、阳光的气味、大蒜的气味、女人身体的气味。你读的时候可以感觉到那个气味很厚实，具有亲和力，扑过来似的。读莫言你可以产生幻觉，然后，身临其境。当然，莫言的小说也有很多毛病，但是，他就是这样，我认为莫言是一个可以在批评面前获得豁免权的作家。他有毛病又怎么样？要求莫言完美是野蛮的。

几次记忆深刻的写作

一、《祖宗》

《祖宗》于一九九三年刊发在《钟山》上,实际的写作时间则是一九九一年。之所以拖了这么久才发表,是因为那时候我还处在退稿的阶段,一篇小说辗转好几家刊物是常有的事。

一九九一年我已经结婚了,住在由教室改造的集体宿舍。因为做教师,我不可能在白天写作。到了夜里十点,宿舍安静下来了,我的太太也睡了,我的工作就开始了。

《祖宗》写的是一位百岁老人死亡的故事。这个故事是我闲聊的时候听来的,我的来自安徽乡村的朋友告诉我:在他的老家有一种说法,一个人到了一百岁如果还有一口的牙,这个人死了之后就会"成精",是威胁。

一九九一年,中国的文学依然很先锋,我也在先锋。先锋最热衷的就是"微言大义"——我立即和一位百岁老人满嘴的牙齿"干"上了。和大部分先锋小说一样,小说用的是第一人称,"我"进入了小说,进入了具体的情境。

但是,很不幸,就在百岁老人的生日宴会上,"我们"发现了一件事,老人的牙齿好好的,一个也不缺。这是一个骇人的发现。一家人当即做出了一个伟大的决定,把老人的牙拔了。牙拔了,老人也死了,然而,不是真的死。等她进入了棺椁之后,她活过来了,她的指甲在抠棺材板。一屋子的人都听见了,谁也不敢说话。吱吱嘎嘎的声音在响。

《祖宗》所关注的当然是愚昧。这愚昧首先是历史观,我们总是怀揣着一种提心吊胆的姿态去面对历史,所以,要设防。拔牙也是设防。愚昧的设防一直在杀人。

——还是不要分析自己的作品了吧,我要说的是另一件事,是我写拔牙那个章节。不知道为什么,写这一节的时候我突然害怕了。是恐惧。我感受到了一种十分怪异和十分鬼魅的力量,在深夜两点或三点,恐惧在我的身边摇摇晃晃。我还想说,恐惧是一件很古怪的事,如果恐惧发生在深夜两点或深夜三点,这恐惧会放大,无限放大。我的写字桌就在窗户的下面,就在我越来越恐惧的时候,不幸的事情发生了,我看见窗户上的玻璃骤然明亮起来,四五条闪闪发光的蛇在玻璃上蠕动——它是闪电。随后,一个巨大的响雷在我的头顶炸开了。回过头来想,这一切在事先也许是有征兆的,我没有留意罢了。巨大的响雷要了我的命,我蹲在了地上,我的灵魂已经出窍了。

我唯一能做的事情就是把我的太太叫醒,惊慌失措。我太太有些不高兴,她说,响雷你怕什么?响雷我当然不怕,可是,我怕的不是这个。是什么呢?我也说不上来。

在后来的写作岁月里,我再也没有遇到过类似的事件。我想说的是,在具体的写作氛围里头,你是一心一意的,你是全心全意的,你的内心经历了无限复杂的化学反应,你已经不是你了。内心的世界它自成体系,饱满、圆润,充满了张力。但是,它往往经不住外在力量的轻轻一击,更何况电闪雷鸣。

在写作状态特别好的时候,你其实不是人。你能感受到你在日常生活里永远也感受不到的东西,这也是写作的魅力之一。

二、《玉秀》

我们家有我们家的潜规则,在我的写作时间,任何人进来都要先敲门,包括我的太太。就在我写《玉秀》的时候,她忘了。

具体的日子我记不得了,反正是一个下午,那些日子我的写作特别好——在我写作特别好的时候,我不太饿,因此吃得就少(吃得少,人还容易胖,天知道这是怎么回事)。

到了这样的时候我的太太就很辛苦,有时候,一顿饭她要为我热好几次。四五次都是有的。就在那个下午,她为我送来了一杯牛奶。也许是怕打搅我,她轻手轻脚的,我一点都没有听到她的动静。

我在写。我的眼睛看着我的电脑,一切都很正常。可是,我觉得身边有东西在蠕动,就在我的左侧。我用余光瞄了一眼,是一只手。还是活的,正一点一点地向我靠近。出于本能,我一下子就站了起来。

也是我的动作太猛、太快,我的太太没有料到这一出,她吓着了,尖叫一声,瘫在了地板上。杯子也打碎了,白花花的全是奶。

一个家里只要有一个作家,这个家往往会很平静。但是,这是假象。他的写作冷不丁地会使一个家面目全非。法国人说:"最难的职业是作家的太太",此言极是。这是写作最可恨的地方之一。

三、《地球上的王家庄》

在闲聊的时候,大部分批评家朋友都愿意说:《地球上的王家庄》是我最好的短篇,不是之一,就是最好的。他们说:这东西有点"神"。我不置可否。我知道,这样的话题当事人是没有发言权的。别人怎么说,我就怎么听。

终于有一天,一位朋友让我就《地球上的王家庄》写几句"感言",反正就是创作谈一类的东西。

我为什么要写这个东西?我知道。这个东西究竟写了什么?我也都记得。可是,有一件事是可笑的——我的哪个作品在哪里写的,在哪个房子的哪间屋子,也就是说,写作的过程,我都记得——《地球上的王家庄》我可是一点都想不起来了。一点蛛丝马迹都没有。

为此我做过专门的努力,想啊,想,每一次都失败了。有时候我都怀疑,这个短篇究竟是不是我写的呢——它所关注的问题是我关注的,它的语言风格是我一贯坚持的,从这个意义上说,《地球上的王家庄》肯定是拙作,可是,关于它的写作过程,关于它的写作细节,我怎么就一点也想不起来了呢?

《地球上的王家庄》是我写的,我却拿不出一点证据。他是私生子——我喝醉了,和一个姑娘发生了一夜情,她怀上了,生下来了。后来那个姑娘带着孩子来认爹,我死不认账。再后来,法院依据医院的亲子鉴定判定了我是这个孩子的父亲。我认了,必须的。从此,我对这个孩子就有了特别的愧疚,还有很特别的那种爱。越看越觉得是别人的,越看越觉得是亲生的——我就是想不起他生母的身体。唉。

写作要面对戏剧性,没想到写作自身也有它的戏剧性。好玩得很呐。

四、《青衣》

《青衣》我写了二十多天,不到一个月——许多媒体的朋友总喜欢把我说成特别认真的小说家,几乎就是一个字一个字地抠。我不反对。人家夸我,我反对做什么,我又没毛病。

其实我写作的时候挺"浪",一高兴就"哗啦哗啦"地。当然,"哗啦"完了,我喜欢放一放,再动一动。这一放、一动就有了好处,看上去不"浪"了,是"闷骚"的那一类。"闷骚"就比较容易和"稳重"挂上钩,最终是"德高望重"的样子。

一九九九年的年底,我开始写《青衣》,快竣工的时候,春节来了。我只能离开我的电脑,回老家兴化过年。走之前我把返回的车票买好了,是大年初五。老实说,我一天也不想离开我的《青衣》。等春节一过,我在大年初五的晚上就可以坐在我的电脑前面了。一切都很好。

就在大年初五的上午,我的小学、中学的老同学知道我回兴化了,他们约我喝酒。我说,这一次不行了,我的票都买好了,下次吧。我的一位老板朋友大手一挥,"票买好了要什么紧,撕了,回头我让我的司机送!"

喝到下午,我对老板说,我该回南京了,叫你的司机来吧。我的老板朋友笑了,说:"你还真以为我会送你?你起码再留两天,过年嘛,我们再喝两天!"

这个结局是我始料不及的,我很光火。我把筷子拍在桌面上,说:"你搞什么搞!"站起来就走。

今天把这个故事写出来,目的只有一个,我要对我的朋友说一声抱歉。我感谢你们的好意。可是,有一点你们是不了解的,一个写作的人如果赶上他的好节奏,让他离开作品是很别扭的,他的人在这里,心却不在这里。这个世界上总有一些事情是不可以被打断的,比方说,做爱。

写作不是做爱,不可能是。可是,在某个特别的阶段,其实也差不了太多——我说这些无非是想告诉我的朋友,我当初对你那样,完全是因为那个青衣。她是你"嫂子",你"嫂子"要我回去,我又能怎么办呢?

五、还是《青衣》

二○○五年,我遇见了一个五大三粗的男人,他告诉我,他喜欢《青衣》。我的自我感觉很好。从外形上看,他不该是文学的爱好者,事实上,他坐过十二年的牢。连这样坐过十二年牢的、五大三粗的人都喜欢《青衣》，我没有理由不乐观，为自己，也为中国的当代文学。

二〇〇六年，我有机会去江苏的几家监狱访问。在（苏州监狱）访问期间，我知道了，监狱里的监管极其严格，但是，他们有机会读书，尤其是当代的文学杂志。一位"前书记"说，在监狱里三年了，他读的小说比他前面的五十多年都要多。"前书记"亲切地告诉我们："很高兴。我对你们很了解咧！"

写下这个故事，无非是想说这样的一句话：

中国的监狱为中国的当代文学做出了巨大贡献！特此感谢，特此祝贺。

六、《推拿》

因为写了《推拿》，我在盲人朋友那里多了一些人缘。他们有重要的事情时常会想起我。

就在去年，我突然接到一个电话，是一个盲人朋友打来的。他邀请我参加他的婚礼。他是盲人，他的新娘子也是盲人，全盲。

我很荣幸地做了他们的证婚人。在交换信物的这个环节，新郎拿出了一只钻戒。新郎给新娘戴上钻戒的时候非常文学化的语言介绍了钻石，比方说，它的闪亮，它的剔透，它的纯洁，它的坚硬。我站在他们的身边，十分希望新娘能感受到这些词，闪亮，还有剔透。她配得上这些最美好的词汇。可是，我不知道新娘子能不能懂得，我很着急，也不方便问。

在《推拿》当中,我用了很大的篇幅去描绘盲人朋友对"美"的渴望与不解。那是一个让我十分伤神的段落。"美"这个东西对视觉的要求太高了,如果我是一个盲人,我想我会被"美"逼疯。说实在的,在证婚的现场,我很快乐,却也有点说不出来路的心酸。——我知道这是一种多余的情绪,我很快就赶走了它们。

新娘子从口袋里拿出了一样东西,然后向主持人要话筒。新娘子的第一句话就是"我很穷",新娘子说:"我没有钱买珍贵的东西。"新娘子接着说:"我用我的头发编了一个戒指。"新娘子最后说:"用头发编戒指是很难的,我就告诉我自己,再难我也要把它编好。半年了,我一直在为我们的婚礼做准备。"

头发是细的、滑的,用头发去编织一只戒指,它的难度究竟有多大,我想不出来。但我要说的不是这个,我要说的是"做准备"。

这个世界上什么东西最动人?我想说,是一个女孩子"做准备"。它深邃、神秘,伴随着不可思议的内心纵深。我想说,女性的出发没什么,"准备"出发是迷人的;女人买一只包没什么,"准备"买一只包是迷人的;女性做爱没什么,"准备"做爱是迷人的。生活是什么,在我看来就是"做准备"。

由此我们可以看看文化或文明是个什么东西,文化或文明就是准备生、准备死。有人问我:什么是专制。我说:所谓专制,就是千千万万的人为一个人的死做准备。准备的方向不同,文明的方向也就不同。古希腊的文明是"准备生"的文明,古埃及的文明是"准备死"的文明。

一个女孩子在为她的婚礼"做准备",男人很少这样。男人的准备大概只有两个内容,一、花多少钱;二、请什么人。这其实不是"做准备"。"做准备"往往不是闪亮的,剔透的,很难量化。相反,它暧昧,含混,没有绝对的把握。它是犹豫的。活到四十六岁,我终于知道了,人生最美好的滋味都在犹豫里头。

谁也不能哭出来

《雨天的棉花糖》起笔于一九九二的春天，就在暑假即将来临的时候，小说快竣工了，可是我发现，我看不到我预期的结尾。我预期什么呢？说起来很简单，是一种情感状态：欲哭无泪。我在折腾小说里的人物，也在折腾我自己，我们仿佛约好了，谁也不能哭出来。

谁也不能哭出来，这个情感状态，或者说这样的分寸感有意思吗，有意义吗？我说不好。我只能说，一个人在写作的时候极其顽固，伴随着写作，他会给自己预设一些不可理喻的、不讲道理的目标，然后，搬着自己的脑袋往上撞。小说发表出来之后，读者是否注意到了你的这个预期？是否认同你的这个预期？这不重要。重要的是，面对这一部作品，我想这么干，我必须这么干。《雨天的棉花糖》的结尾或者说"调子"必须是欲哭无泪的。

在前往徐州的路上，是在南京火车站吧，我坐在水泥台阶上，再一次阅读了尚未完工的手稿。还没有读完，我做出了一个疯狂的决定，我决定把小说的人称由"他"换成"我"。必须承认，我当时并不知道这个决定有多"疯狂"，等我再一次回到南京，我知道了，换小说的人称不只是把"他"换成"我"，或者说，把"我"换成"他"，它的艰难程度一点也不亚于二婚。

年轻好哇。年轻最大的好处就在于只相信自己而不相信困难。转眼暑假就到了，那个暑假有巴塞罗那奥运会，那也是我拥有了电视机之后的奥运会。可是，我对那一届奥运会的记忆是模糊的，我的心思全花在了一个叫"红豆"的男子身上了，"红豆"是《雨天的棉花糖》里最重要的人物，一个从"对越自卫反击"中返回故里的军人，一个失败的军人。

我没有参过军，没有任何战争经历，我为什么要写"红豆"呢？我的动机到底在哪里？我的热情和渴望究竟是什么？

时光必须回溯到一九八八年的春节。我是一九八七年大学毕业之后来到南京的，半年之后，也就是一九八七年的年底，我接受了一位学生家长的邀请，去学生的家里过了一个很特别的春节。我认识了我学生的"二姐"和"二姐夫"，很不幸，他们正在闹离婚。闹离婚的理由不复杂——"我二姐一直都瞧不起我二姐夫"。

一望可知，"二姐夫"是一个弱势的人，瘦小，心深，鬼，眯眯眼。他几乎不正眼看人，看之前先要把眼睛闭上，睁开之后马上又避开。我其实很害怕和他交流，我就希望他端端正正地看着我，四眼相对，然后好好说话。可他偏偏就不看，一眼都不看。和所有痛苦的人一样，"二姐夫"对陌生人有一种难以理喻的热情，他坚持把我邀请到了他家，他让我在他的家里"住两天"。

在深夜，"二姐夫"来到了我的房间。我想说，这次谈话对我来说是重要的，我的心一波三折。我不敢相信坐在我面前的"二姐夫"是一个退伍军人，他的身上没有半点退伍军人的气息与痕迹,令我更加不能相信的是,"二姐夫"参加过"对越自卫反击战"。我想我的吃惊有些过分了,过分的吃惊就等于怀疑。为了证明他的话是真的,"二姐夫"把他的战地日记翻了出来,十分郑重地递到了我的手上。我的小人之心马上得出了一个阴暗的判断,他做这一切是有目的的,他想让我这个客人知道,在这个家里,他并不是一个弱者,不是一个随便可以让人踢出去的软蛋,起码,他有一个强壮的、伴随着硝烟与爆炸的过去。

接过日记本的时候,我的心中充满了崇敬,要知道,那是一九八八年。一个刚满二十四岁的年轻人必然是这样的,——他对一切经历过战争的人都心存崇敬。但是,很不幸,战地日记写得很糟糕,几乎没有具体内容,没有战地生活,没有画面,没有描述,我读到的只是决心、激情、效忠、呐喊,对死亡(牺牲)的热切以及没有来路的、又大又空的爱。

后来,"二姐夫"从我的手上把他的日记本拿了回去,合上,抚摸,轻声骂了一声"他妈的",然后说了一句让我终生难忘的话:"白写了,没死掉。"

这句话在我的心口上划了一刀。我望着"二姐夫",他还是没有看我。为了回避我的目光,他昂着头,闭着眼睛,在微笑。他的表情和腔调是自嘲的、自贱的,很羞愧、很不甘。必须承认,他的表情尤其是他的腔调在我的心口上又划了一刀。我想说,此时此刻,他多么渴望感受一个烈士的荣光与骄傲。死了多好,如果他死了,他就什么都有了。他是有机会死的,他已经做好全部的铺垫和全部的准备,命运却把他送回了家。多么遗憾!他的一生将为此而懊恼,追悔莫及。

他妈的,白写了,又没有死掉。

现在(不是当时)的问题是,他活着回来了,还没有残疾,然而,是什么让一个从战场上安全回家的退伍军人如此懊恼并追悔莫及的呢?

我记住了"二姐夫",可我没有想到有一天我会写一个退伍军人的故事。

以我写作的经验来看,一个印象,或者说,一个记忆,很难生成一部小说。小说是在什么时候生成的呢?是在一个印象、一个记忆被另一个印象、另一个记忆激活的时候。我的小说大多来自于这样的激活。

现在我必须要说另一件事。

把"二姐夫"激活起来的是《新闻联播》里的一个电视画面。具体的日子我记不得了,我能够肯定的只有一点,是九十年代之后、我写《雨天的棉花糖》之前。电视画面来自美国的空军机场,内容是老布什去迎接美国的战俘。老布什很激动,他对那些做过战俘的美国大兵说:"你们是美国的英雄!"

在今天,这句话也许很普通,可是,我必须要强调,那是九十年代初。老布什的话在我的耳朵里是石破天惊的,老布什的话远远超出了那个时代一个中国年轻人的认知能力,它强劲地突破了我的情感方式,它毁坏了我的内在逻辑。

电视画面还在继续,老布什的讲话之后,我看到了美国空军机场上众多的女人,她们是母亲或妻子。她们在流泪,她们幸福,她们自豪。她们在和一个又一个死里逃生的"前战俘"拥抱,亲吻。我不能接受老布什的话,可我必须无条件地接受一群女人的幸福与快乐。母亲与妻子的幸福快乐必须是正确的,只能是正确的,她们的泪水内部富含人生的常识和恒久的真理。如果不是这样,错的只能是生活。

现在(也是当时)的问题是,如果这群大兵是中国人,结果将会怎样?我们的母亲们和我们的妻子们会如何面对自己的亲人?空军机场是透明的还是秘密的?母亲与妻子是自豪的还是自卑的?

"二姐夫"来了。"二姐夫"和美国的空军机场彼此毫无关联,可是,他神秘地降落在了我的记忆表面。他的面貌比当初的那个深夜还要生动,还要鲜活。他的身边没有母亲,没有妻子,他的身边没有老布什。他的身上布满了疼痛的痕迹。我知道我可以写点什么了。

一切都是假设,但是,如果假设让我也疼痛了,我就有理由认定,假设离地面只有20公分,一阵风就可以把它吹落下来。

真的不复杂,《雨天的棉花糖》写了一个战俘。它是一个悲剧。我当然知道悲剧的硬指标:眼泪。

然而,读《雨天的棉花糖》可以流泪么?

我的答案是不能。说到底这不是答案,是我的希望,是我对《雨天的棉花糖》的一种预期。

悲剧无非有两种——

一种是"可以解决"的悲剧;一种是"尚未解决"的悲剧。已经解决的悲剧必须让人流泪,流泪说到底是一件痛快的事;另一种悲剧是,它在我们的现存生活中依然不可能得到解决,它只能是欲哭无泪。——这是美学原则么?不是,是我的一厢情愿。

我的一厢情愿并不成功,事实上,《雨天的棉花糖》发表之后并没有引起什么关注,它甚至连发表出来都是困难的,这就是为什么直到一九九四年读者朋友们才能够读到它。人们可以用成败来论英雄,父母却从来不用成败来论孩子。对我来说,《雨天的棉花糖》永远是我最特殊的一个"孩子",特殊在什么地方呢? 在我和"红豆"朝夕相处的那些日子里,我深深地爱上了他。到现在为止,在我的小说人物谱系里,"红豆"是我最喜爱的一个人。不是我塑造了他,是他帮助了我。他为我替换了精神上的软件,因为"红豆",我看世界的方式发生了本质性的转变,他让我长大了,"成人"了。如果允许我说得大一点,夸张一点,我想说,通过《雨天的棉花糖》的写作,我由一个"无产阶级革命事业的接班人"蜕变成了一个人道主义者。

　　《雨天的棉花糖》,是我小说写作的一小步,却是我人生的一大步。我一再对媒体说,我感谢写作,却始终没有机会把这句话说清楚,现在,我想把我的"感谢"说清楚一些——

　　因为人生经历的局限,我其实不是在现实生活中成长起来的,我的每一次精神上的成长都是在写作中完成的。无论你怎样批评我自恋,我都要说,我真切地爱着我小说里的那些人物,他们从不让我失望。我希望有这么一天,他们能对我说,我们也爱你,你从来也没有让我们失望。

谈艺五则

短篇小说

我所渴望的短篇小说与经验的关系并不十分紧密,相对说来,我所喜爱的好的短篇似乎是"不及物"的。因为"不及物",所以空山不见人,同样是"不及物",所以但见人语响。有时候,我认为短篇这东西天生就具有东方美学的特征。东方美学是吊人胃口的美学,我经常用一个庸俗的例子来说明这个问题。比如说一块羊肉,你把它烤一烤,它散发出来的香味让你直流哈喇子,简直要了你的命,可是,你真的把它送到嘴里,也就是那么回事。这里头还有一个"大"与"小"的关系,一块羊肉能有多大?然而,只要在街头烤了那么一下,神话马上出现了,"羊肉"变得巨大无比,十里长街它无所不在,你看不见它,可它却放不过你,是眼不见为实的,它具有了压倒性的、统治性的优势。这就是"味道"的厉害。"味道"是事物的属性,却比事物大,比事物大几百倍。短篇就是一块羊肉,不同的是,它被"烤"了那么一下。

短篇是怎么"烤"出来的呢？我不知道。但是有一点是显而易见的,短篇难以回避它的技术性。在艺术问题上谈技术是危险的,它不如"主义"超凡脱俗,更不如"主义"振聋发聩。但是,技术有它的实践性,艺术同样有它的实践性,你可以无视它,但是,只要你从事,你绕不过去。写作和美术不同,和音乐不同,和竞技体育更不同,那些东西没有专门的细节训练是不可想象的。写作不一样,写作有它的宽泛性,有时候,会写字就可以了。这种宽泛性容易掩盖写作的技术。所以,二十世纪九十年代的中国文学"事件"多、思潮多、口号多,好的小说,尤其是好的短篇小说却不多,这和写作的宽泛性有直接的关系。写作不再是艺术生产,而直接是艺术股市,甚至于,是艺术期货,带有买空卖空的性质。几年前我读过一篇文章,文章说,好小说一定是最不像小说的小说。这是标准的回避常识的说法,这同时还是好大喜功的说法。西瓜不像小说,液体牙膏不像小说,浮肿不像小说,鼻涕也不像小说,这又能说明什么？只是一句空话。所以我坚持这样的观点,好小说应当经得起"意义"(如果有意义的话)的考验,同样也要经得起技术性的文本考验。

中篇小说

我所渴望的中篇首先应当具备分析的特征,分析的特征确保了事物的本质能够最充分地呈现出来。本质总是坚固的,可信赖的。有了这样一种底色,你想描绘的人物大多不会游移,从而使人物一下子就抵达了事件。

这不是什么深刻的道理,我们所缺少的是坚定不移的实践,实践的愿望、能力与勇气。我们看到了大量的放纵的创作,放纵的作品大多是人浮于事的。一些批评家们跟在后面起哄,把"人浮于事"的创作上升到了自由的高度。放纵和自由是完全不可对等的东西,它们是貌合的,却更是神离的。

王安忆有一个说法我十分地赞同,她强调小说的"推导"功能。"推导"这个词带有形式逻辑的学究语气,但是,在我看来,"推导"是小说中——尤其是中、长篇——必不可少的"判断的控制"(韦恩·布斯《小说修辞学》)。由人的行为(或内心)到人,到人的关系,再由人的关系到人,到人的内心(或行为)。

与短篇小说相反,我所渴望的中篇与经验有着血肉相连的关联。它是"及物"的,伸手可触,一开口说话就带上口红和晚餐的气味。

人　称

"我"是新时期小说的第一人称。有人说,"我"应当是所有小说的唯一人称。这句话气派宏大。

我承认这是一个很大的话题,我甚至愿意承认,这是一个很有意义的话题。但是,这和结论是两码事。我对这个问题感兴趣是因为李敬泽,那是"多年以前"了,我和敬泽在一间房子里枯坐,他翻着一本杂志。敬泽突然丢下手里的东西,说,怎么离开"我"都不会写小说了?敬泽没有说下去,我也没有再问,但是这句话在我的心里留了下来。

怎么离开"我"就不会写小说了？是"我"大了？还是小说"小"了？朱苏进说，作家应当比作品大。这句话我同意。可是我想了又想，朱苏进的话和"人称"似乎并不相干。

现实主义

现实主义是我非常鄙视的东西。那是没有想象力的标志。在我做了父亲之后，我的看法有些改变。徐坤说：做父亲改变了男人的内分泌。徐坤一语中的。做父亲之前，我想象着儿子，做了父亲之后，我凝视着儿子。这就牵扯到想象力与观察力的问题了。观察是有意义的，它会提醒你，你对别人有用，说得文气一点，它会让你有价值感。想象力绝对是不可或缺的，但是，观察力的价值就在于，它有助于你与这个世界建立这样一种关系：这个世界和你是切肤的，你并不游离；世界不只是你的想象物，它还是你必须正视的此在。这个基本事实修正了我对艺术的看法，当然也修正了我对小说的看法。观察的结果是这样的：它使我看到了世界的不安全，奇怪的是，我却比任何时候更关注这个世界。一个人在想象的时刻，他的眼神通常是不聚焦的，而在他观察的过程中，他的眼里布满了警惕。在我睁大眼睛四处张望的时候，我意识到，我是一个男人了，一个不能不关注未来和命运的男人。所以，我要说，现实主义不完全是小说修辞，它首先是凝视和关注。

110

叙　述

　　叙述不是叙述,是你处理关系,以及你的处世方式。所以叙述的第一要素是你介入事件的通常心态,然后才是语言。我写小说的时候时常对自己怀着一股不良的动机:事情就在这儿,小子,你说吧,我看你怎么说。

写一个好玩的东西

一九九七年,我在一家单位的值班栏里看到了一个名字,虞积藻。二〇〇二年,我碰巧又来到了这家单位,我就问:"虞积藻还好吗?"那个人吃惊地望着我,反问我是虞积藻的什么人。我说不是,我只是随便问问。那个人后来说:"虞老师退休了。"

我的这篇小说和那个叫虞积藻的退休老人当然没有一点关系,可是,我喜欢这个名字,有些过分,有点不对了。说起来我想用虞积藻这个名字写一个作品的愿望已经不是一天两天的了。事实上,远在一九九七年,我写过一部作品,里面就用过这个名字。但我还是觉得不过瘾,我得专门写一个。所以,在《彩虹》当中,我的第一句话就是"虞积藻贤惠了一辈子,忍让了一辈子",我必须这么写,不这样写就不足以说明问题。可是,虞积藻究竟是怎样的呢?我不知道,只好放下来。这一放就是两年多。

我的脑海里还有一个记忆,是一个孩子。他一个人站在商场的柜台边,可能在等待他的母亲。他的母亲也许就在不远处,正悠闲地盯着架子上的时装,一件一件地翻过去。小家伙很孤独,他孤独的眼神是动人的。任何一个孩子,他孤独的眼神都是动人的。它会使你产生一种自作多情的冲动,想蹲下来,给他做爸爸。当然,情况远远没有那么严重,他只是可爱罢了,有一点点好玩。

所以,我就想把这个作品写得好玩一点。这是我的初衷。要想使一个东西好玩,最简单的办法是把它和心中的秘密联系起来。比方说,橱窗边的小男孩,还有那个叫虞积藻的姓名。我吃惊地发现,当它们联系在一起的时候,它们的关系是推波助澜的。推波助澜的关系一旦形成,你的心中平白无故地就产生了内驱动。(虚拟的)生活就这样呈现出来了。

作为一个小说家,我最欣赏的想象力是超低空的,我喜爱那种超低空的飞行,它紧张、刺激,反而有它的难度。我现在感兴趣的不再是太空画面,那需要太多的专家去做数字化分析。我腻味了这样的游戏。眼下,我就希望我把作品放到你的面前,因为可感,因为它的呈现能力,你一口咬定,神经质地说:就是它,没错,肯定就是它。当然,这是我的愿望,我知道,我并没有做到。

我没有做到并不表示别人没有做到,那些做到的作家,以及那些做到的作品给了我这样的启示:你还得紧紧地盯住一些问题,这一来,你的工作就不只是好玩,也许还有意思。

我有一个白日梦

1. 我有一个白日梦,在这个白日梦里,我将有两个儿子,还有五到七个女儿。我猜想我是一个父性很重的男人。我喜欢做父亲,尤其渴望给一大堆的女儿做父亲。遵照"贱养儿子娇养女"这个祖传的原则,我对我的女儿将无比地纵容。然后,她们一个一个出嫁了,我的女婿们却愁眉不展。他们不停地向我抱怨,你老人家怎么生下了这么一大堆不讲道理的东西。我能怎么办? 我只有哄,哄完了我的女婿,再哄我的女儿。你们可要好好过日子啊。

感谢伟大的基本国策,有了一个儿子之后,我再也没有生育的资格了。但是,基本国策再伟大,它也妨碍不了一个小说家的白日梦。这就决定了我的小说里一直有家,一直有众多的孩子,——想想还不行么?

想想也不行。老实说,我越来越觉得小说不好写了。现在的"家"里还有什么? 清汤寡水的。我不知道热心的朋友有没有注意过我新写的两个短篇,一个叫《相爱的日子》,一个叫《家事》。这两个小说都有一个共同的特征,它们始终徘徊在"家庭"的门外。我写得很痛心。写到这里我必须强调一下了,我没有否定基本国策的意思，一点都没有。在中国，实行计划生育绝对是一件必要的和正确的事。我只是想说，在执行基本国策的同时，我渴望闻到的那股子气味没有了，现实生活里没有了，小说里也没有了。——历史就是这么回事，它的进程就是还账。谁让我赶上了呢。

在《玉米》里头我让那个叫施桂芳的女人一口气生了八个孩子。孩子生下来了，我就好办了。当施桂芳在小说的一开头生下第八个孩子之后，我一个人在书房里，摩拳擦掌。

2. 《玉米》里头有一个混账的父亲。我一点也不喜欢他。可是，我得说实话，《玉米》这本书里始终洋溢着父性，那是我心底里的一点点温暖。我是自私的，我没有能力假公济私。假私济私呢？我有权力试一试。小说的最高准则其实就是假私济私。

我写小说的时候一直有父亲的心态，即使在我没有结婚的时候也是这样。这奇怪么？这不奇怪。我一直相信一个人在写作的时候是"带戏上场"的，或儿子，或情人，或做稳了的奴隶，或没有做稳的奴隶。这个假定的身份决定了一个作家的走向，当然，还有风格。我这样说有没有道理？如果有那么一点，我还想再放肆一下，我想说，一个作家的品格在他动手之前其实就确定了。

3. 假私济私是一种愉快的行为。《玉米》我写了四十天。在写作《玉米》的四十天当中，我很静。是沉静，也可以说是沉溺。我几乎离不开我的电脑。一离开我就走神。我的太太指责我终日恍惚，她不知道，她的丈夫一点都不恍惚。他已经私奔啦。

私奔的意思是这样的,在想象力的引导下,他确认了现实的可疑,他对另一个世界坚定不移。

有人说,《玉米》是一部经验小说。这是放屁。没有谁比我更清楚《玉米》是一部怎样的作品。

4.如果我能够沉着一些,《玉米》将是一部爱情小说。这部爱情小说的主角是玉米,她什么都拿得起,什么都放得下,爱情来了,她傻了。我要写一个被爱情折磨得死去活来的姑娘,可是,在读者的眼里,她的幸福却可以上天入地。我要写的其实就是这么一个东西。如果有人问我为什么要这样,我就说,相信生活,你就不能相信小说,相信小说,你就不能相信生活。它们的精神是不一样的,貌合,神离。谁也没有撒谎,诚实使双方剥离了。这很有意思。可惜,我没有完成这个初衷。这也很好。生活不就是这样的么?你打算谈恋爱的,最后却成了丈夫;你打算做丈夫的,最后却成了父亲;你打算做父亲的,最终却成了孙子。我高高兴兴地接受了一个又一个不一般的事实。

5.《玉米》的进程让我知道了作家是多么不可靠。一部爱情小说就这样丧失了它的轨道。为了弥补,我写了《玉秀》,它同样丧失了它的轨道,为了弥补,我写了《玉秧》,后来又写了《平原》。我到底也没有能够把一部爱情小说写出来。

爱情的力量是多么巨大,它吸引我。走近一看,我笑了,爱情的力量实在是非常的渺小。我想我的表情已经有点严峻了,因为我决定了,我还是打算写一部爱情小说。

6.《玉米》我写了四十天,四十天里饱受折磨的人不是我,是李敬泽。我不能理解那些日子里我为什么那么热衷于自我表扬，近乎可耻了。在夜深人静的时候，我一遍又一遍地告诉敬泽："我写得好啊！我怎么就写得这么好的呢？"

我要感谢敬泽，他从来不烦我。即使哈欠连天，他也要严肃认真地听完我的絮叨，然后，很肯定地告诉我："不错。"他的口吻是缓慢的，疲惫的。他缓慢而又疲惫的口吻说明了他第二天的上午还要上班。我偏偏不这么看，在我看来，凌晨一点或凌晨两点的语气里有不容置疑的权威性。我原来工作得很好啊。

写小说的人是有侵犯性的，问题是，你是否幸运，你能否遇上一个可以容忍你的人。遇不上，那你就写吧。遇上了，你会写得更好。我的朋友们一直在包容我，我想把这个"经验"告诉我的同行们，得有朋友。得有！实在不行，活生生地弄出几个敌人来也比一个人好。既没有朋友也没有敌人的写作注定半死不活。它是打字。

7. 和小说本身比较起来，我更在意写作的状态。状态好的时候，一个小说家会不可思议地"被解放"。"被解放"是什么意思？几近荒谬了。我却格外地珍惜这样的荒谬。荒谬自有它的力度，可以抵达生命力最为核心的部分，它可以确认虚构的合法性，建立写作的尊严，演示想象力的饱和度。

为了一次又一次的"状态"，我坚持在写。我知道"被解放"的状态迟早会来，不是今天就是明天，不是明天就是后天。有时候我很沮丧，都一年多不来啦。就在我自认为江郎才尽的时候，它又来了。

"天无绝人之路"。说这句话的不是莎士比亚，而是一个大妈。她的嘴里只有一颗牙齿。她每一次说话的时候我的双眼都要盯着那颗牙,它没有表情,它只是配合了一个又一个复杂而又多变的表情。它使和善更和善,它比歹毒更歹毒。最后,它像一个智者的食指那样指向了前方,告诉我,天无绝人之路。

所以我不着急。我打算就这样写下去,一直写到我的嘴里只剩下最后一颗门牙。

8.《玉米》的法文翻译是克罗德·巴彦。他在翻译的过程中自作主张,把玉米对彭国梁的称呼改变了。玉米和彭国梁正在恋爱,恋爱中的玉米忘情地喊了彭国梁一声"哥哥"。巴彦先生说,这是不可以的,一个妹妹怎么可以和她的哥哥恋爱?他们都吻成那样了。巴彦的意思我懂,他认准了我在小说中乱伦。他说,这里的"哥哥"必须翻译成"亲爱的"。

我对巴彦先生说,你最好改过来。这里只有"哥哥",没有"亲爱的"。喊"哥哥"的是玉米,不是"安娜玉米"或"玉米莎白"。巴彦先生急了,说,这样法国人看不懂的。我说,看得懂,这就叫文化交流。

"哥哥"和"妹妹"通常是没有血缘的,这就是汉语的血缘。

《平原》的一些题外话

　　我的电脑上清晰地显示，《平原》的定稿日期是 2005 年的 7 月 26 日。很遗憾，开工的日期我忘了写了。但我是记得的，那时候很冷。我对"冷"很敏感，因为我怕冷。我的生日是 1 月 19 日，用我母亲的话说，那是"四九心"，是冰天雪地的日子。在我离开母体之后，接生婆把我放在了冰冷的地面上，中间只隔了一张《人民日报》。按照接生婆的说法，她这样做有两样好处：一是去"胎火"，二是孩子长大了之后不怕冷。经过接生婆奇特而又美妙的"淬火"，照理说我应该是一个不怕冷的人才对。事实上却不是这样，我怕冷。我怕冷是写作带来的后遗症。——在我职业生涯最初的十多年，写作的条件还很艰苦。因为白天要上班，我只能在夜里加班，每天晚八点写到凌晨两点。在没有任何取暖设备的年代，南京冬夜的冷是极其给力的，家里头都能够结冰。我记忆最为深刻的是这样的一件事，在冬天的深夜，每当我搁笔的时候，需要用左手去拽，因为右手的手指实在动不起来了。——经历了十多年"寒窗"的人，哪有不怕冷的道理。

　　也许是寒冷给我带来的刺激过于强烈，一到最冷的日子我的写作状态反而格外地好，都条件反射了。说句俏皮话，我一冷就"有才"。因为这个缘故,我的重要作品大多选择在 1 月或者 2 月开工。这个不会错的。如此说来,《平原》的开工日期似乎是在 2002 年的春节前后。

　　我决定写《平原》其实不是在南京,而是在山东。

　　为什么是在山东呢?我太太的祖籍在山东潍坊。2001 年,孩子已经五岁了,我的太太决定回一趟山东,去看看她生父的坟。说起来真有点不可思议,这是我第一次为亲人上坟——我人生里有一个很大的缺憾,我没有上坟的经验。我在过去的访谈里交代过,我的父亲其实是一个孤儿。他的来历至今是一个黑洞。这里头有时光的缘故,也有政治的缘故。同理,我的姓氏也是一个黑洞。我可以肯定的只有一点,我不姓"毕",究竟姓什么,我也不知道。1949 年之前,我的父亲姓过一段时间的"陆",四九之后,他接受了"有关部门"的"建议",最终选择了"毕",就这么的,我也姓了毕。——我这个"姓毕的"怎么会有祖坟呢,我这个"姓毕的"哪里会有上坟的机会呢。

　　说完了这一切我终于可以说了,在上坟的路上,我是好奇的,盼望的,并没有做好足够的精神准备。我太太是两岁半丧父,在随后的几十年里,她一直生活在江苏。这个我知道的。可是,有一件事情我当时还不知道,"丧父"这件事从来就不会因为生父的离去而结终,相反,会因为生父的离去而开始。生活就是这样,在某一个机缘出现之前,你其实"不知道"你所"知道"的事。这不是我们麻木,也不是我们愚蠢,是因为我们没有身临其境,是因为我们没有设身处地。我再也不想回忆上坟的景象了,在返回的路上,我五内俱焚。我一直在恍惚。我的脑子里既是满的又是空的,既是死的又格外活跃。我对一个词有了重新的认识,那就是关系,或者说,人物关系。我对"人物关系"这个日常的概念有了切肤的体会。哪怕这个关系你根本没见过,但是,它在,被时光捆绑在时光里。

我的处女作发表于1991年。在随后的很长时间里,就技术层面而言,我的主要兴趣是语言实验。到了《青衣》和《玉米》,我的兴奋点挪到了小说人物。山东之行让我做出了一个重要的调整,我下一步的重点必然是人物关系。

我记不得我是在哪一天决定写《平原》的了,但是,在山东。这一点确凿无疑。

《平原》是小说,就小说本身而言,它和我的家族没有一点关系,它和我太太的家族也没有一点关系。但是,隐含性的关系是有的。因为特殊的家世,我对"家族""血缘""世态""人情",乃至于"哺乳""分娩"等话题一直抱有特殊的兴趣。我曾经说过一句话,我"生下来就是一个小说家",许多人对这句话是误解的。以为我狂。我有什么可"狂"的呢?我希望我的家族里的每一个人都幸福,可实际情况又不是这样。我的家族里的许多人都有一个共同的特征,许多人的人生都有无法弥补的缺憾。——我愿意把这种"无法弥补"看作命运给我的特殊馈赠。生活是有恩于我的。

在《平原》发表之后,也就是2005年下半年之后,我的访问和演讲大多围绕着"世态人情",我的许多谈话都是从这里展开的。不少朋友替我着急,认为我不尊重文学的"想象力"。扯什么淡呢,没有想象力还写什么小说呢。我想说的是,一个负责任的写作者不愿意信口雌黄,开口闭口都是永远正确的空头理论。——他的言谈往往会伴随着他的实践,写到哪里,他就说到哪里。在不同的写作阶段,他的言论会有不同的侧重,就这么简单。这也是《推拿》出版之后我反反复复地唠叨"理解力"的原因。

如果你执意要问,你写《平原》的时候究竟在想什么?这个问题其实并不好回答。我写作的时候脑子并不那么清晰,这是我喜爱的和刻意保持的心智状态。但我会悬置一些念头。这些悬置的念头是牧羊犬,它领着一群羊。似乎有方向,似乎也没有方向。每一头羊都是自由的,"放羊"嘛。但总体上又能够保持"羊群"的格局,否则就不再是"放羊"。我想我前面已经说了第一条了,为了表达的清晰度,我愿意再把两条牧羊犬牵出来,让它们叫两声。

一、人物关系

还是用"国货"来做例子吧。如果我们把《三国》《水浒》《红楼梦》放在一起,我们一眼就能分辨出不同的人物关系:《三国》与《水浒》里的人物所构成的是"公共关系",剑指家国天下与山河人民;而《红楼梦》里的人物所形成的则是"私人关系",我愿意把私人关系说得更形象一点,叫作"屋檐下的关系",这

122

里有人生的符咒与密码,"我见过你的"。五四之后的中国文学向来有它的"潜规则",——公共关系的"格局"和"价值"大于屋檐下的关系。公共关系是宏伟的,诗史的,大气的,正统的,康庄的,屋檐下的关系呢,它充其量只是公共关系的一个"补充"。

可我信不过公共关系。保守一点说,在小说的世界里,我信不过公共关系。说不上因为什么,我就是信不过。我一直缺少一种理论能力来充分地表达我的这种信不过。我不懂古玩,在高人的指点下,我最近知道了一个概念,叫"包浆"。我想我终于找到一种合适的表达方式了。"包浆"在物体的最表层,它不是本质。可是,吊诡的是,行家们恰恰就是依靠这个表层来断定本质的,甚至于,这个表层才是本质。是真,还是假,行家们"一眼"就"有数"了。在我看来,相对于哲学,小说的对象就是表层,揭示本质那是哲学家的事。但是,小说的意义就在于,它所描绘的表象可以反映本质,直至抵达本质。

我喜欢屋檐下的人物关系。在屋檐下,所有的人物都具有真货的"包浆",印证出本原的质地。而到了公共关系里头,无论人物的"做工"有多好,他的"包浆"始终透露出仿品的痕迹,他的光泽不那么安宁,有"冒充"的吃力,有"冒充"的过犹不及。

当然,"包浆说"是我的一点浅见,上不了台面的。这和我的趣味有关,这和我的个人身世有关。我尊重热衷于公共关系的作品,事实上,我同样是"公共关系类"小说的热心读者。我只是对审美的"潜规则"不满意。——公共关系和屋檐下的关系是等值的;处理公共关系和处理屋檐下关系的美学意义是等值的。不等值的只是写作者的能力和格局。

《平原》里的事情大部分在屋檐的下面,我要面对是亲人与亲人。批评家张莉女士曾告诉我,多年之后,《平原》的读者根本不需要通过时代背景的交代就可以直接进入小说(大意)。这不是一句赞美的话,而是她阅读后的感受。这句话让我极度欣慰。

二、文化形态

说《平原》是很难避开《玉米》的。它们有先后和衔接的关系,它们拥有相同的价值取向,它们还有近似的美学追求,它们的语言类属一个系统。《平原》和《玉米》的叙述语气几乎一模一样,和《推拿》不同,与《青衣》迥异。

问题来了,既然《平原》和《玉米》那么相似,你还写个什么劲呢? 你沿着《玉米》的调调,把《玉穗》《玉苗》《玉叶》一路写完了不就完了?

不是这样的。《平原》和《玉米》其实有质的区别。这个区别在文化形态。

《玉米》梳理的是中国乡村"文革"的转折关头(林彪事件所发生的 1971 年)。这转折是"文革"内部的转折,中国不是变好了,而是更坏。"文革"正在细化,在渗入日常,在渗入婚丧嫁娶和柴米油盐。

可 1976 年的中国乡村是不一样的。这正是《平原》所渴望呈现的。在 1976 年的中国乡村,红色恐怖早已经松动了,压倒性的政治力量其实很疲软了。伴随着三次不同寻常的葬礼,一些常规的、古老的乡村情感和乡村人际业已呈现,古老而又愚昧的乡村文明有了死灰复燃的迹象。用我父亲的话说,人们的精神状态"越来越像解放前"了。那是乱世的景象。然而,这乱世太独特了。它不是兵荒马乱的那种乱。它很静,是死气沉沉的乱,了无生息。人们不再关注外部,即使替换了领袖,"上面"还想热闹,可人们的热情实在已经耗干了。没有人还真的相信什么。人们想起了"过日子",不是生活,是混。没有眼泪,没有悲伤。活一天是一天。

我不知道人类历史上还有没有类似的历史时刻,整整一个民族成了巨大的植物人。他失去了动作能力,内心在活动,凌乱,生动,是遥远的故往,像史前。奇怪的是,"家"的概念却在复活,人似乎又可以自私了。——我不想放过它。

关于《平原》和《玉米》的区别,我还想补充一点,《玉米》在风格上是写实的,它的美学特征是现实的,然而,它一点都不"写实"。我的生活并没有为我提供"写实依据",它是想象的。《平原》则不同,《平原》的落脚点在 1976 年。1976 年,我已经是一个 12 岁的少年。因为我的父亲是中学教师,我很早就和中学生、知青们一起厮混。我实际上要比同年代的孩子早熟一些。从这个意义上说,《平原》里主人公端方、三丫、兴隆、佩全的生活和我同步,——《平原》是离我最近的一本书,它就是从我的现实人生里生长出来的,是我的胳膊,在最顶端,分出了五个岔。

端方是《平原》的主人公,结构性的人物。也就是所谓的"男一号"。说起来真是不可思议,我对所谓的"男一号"和"女一号"没什么兴趣。为了小说的结构,我们必须有"男一号"和"女一号",但是,真正令我着迷的,反而是围绕在"一号"周边的那些配角。以我对小说的肤浅的认识,我觉得,小说的广度往往是由"一号"带来的,小说的深度则取决于"二号""三号"和"四号"。而不是相反。

我甚至认为,"一号"其实是不用去"写"的,把周边的次要人物写好了,"一号"也就自然而然地出来了。

在这里我想谈谈几个次要人物。

我想说的第一个人物是"老鱼叉"。"老鱼叉"是《平原》当中最为重要的一个人物,也是我写得最为成功的一个人物(抱歉,卖瓜了)。1949年之前,"老鱼叉"是一个革命者。许多时候,我们容易把革命者和理想主义者混同起来,而事实上,许多革命者是最没有理想、最没有定见、最动摇的那部分人。他们是被风吹走的人。他们革命,不是因为知道自己要做什么,而是因为他们不知道自己要做什么。《阿Q正传》描写过革命者的革命,有一句话鲁迅说得特别地深刻:"于是一同去。"革命者有一个共同的名字,叫"于是",他们所从事的事业就是"一同去"。

在中国的乡村,作为农民革命的胜利者,"革命者"和"胜利者"都为数甚众。但许多人忽略了一件事,那就是"中国农民的愚昧和善良"。这是一对古怪的文化组合,也是一对古怪的心理组合。中国农民的行动力大多是由这个梦幻般的组合提供能量的。这是一个值得许多作家和学者面对的一个大问题。可以说,愚昧和善良是中国农民的两面,它是动态的,哪一面会呈现出来,带有极大的随机性和偶然性。通常,它们相伴而行。我不是一个中国农民问题的专家,但是我可以负责任地说,中国农民是全人类最缺少爱的庞大集体,从来没有一个组织和机构真正爱过中国的农民。

无论如何,描写"革命者"和"胜利者"是《平原》的分内事。在此我承认,"老鱼叉"这个人物是有原型的,这个原型就是我同班同学的父亲。他住在"前地主"宽大的大瓦房里,那是他的战利品,他还成功地继承了"前地主"的一位小老婆。他的不幸在于,从我认识他的那一天起,他就不停地自杀。因为他总是梦见"前地主"来找他。1974 年,他成功了。他把自己吊死在了大瓦房的屋梁上。

理性一点说,在中国的乡村,"老鱼叉"没有普遍意义。他的内心和他的行为更没有普遍性。但是,这件事对我的刺激是巨大的,——我见过"老鱼叉"的尸体。这具尸体并不恐怖,但是,围绕着这具尸体所散发出来的言论却阴森恐怖,"前地主"的鬼魂似乎一天也没有离散过。它在飘荡。它是"变色猫",白天是白猫,夜晚是黑猫。我愿意把"老鱼叉"的死看作"胜利者"的良心未泯,它是后来的后怕、后补的后悔,然而,上升不到反思与救赎的高度。因为"变色猫"游荡的身影,我写"老鱼叉"的时候特别地胆怯,一到这个部分我就惶惶不可终日。眼睛尖的读者也许能够读得出来。

我想说的第二个人物是"混世魔王"。一个知青。我写这个人物是纠结的。从个人情感上来说,我对知青有好感。我的家一直是知青俱乐部,我的许多小学老师就是知青,他们在我的人生道路上起过举足轻重的作用。但是,当我面对"混世魔王"

的时候,我的心情却有些复杂。

如何面对知青?我决定把这个话题说得简洁一点。问题的关键是角度。我出生在乡村,是村子里的人。换句话说,无论我个人和知青的关系如何,在看待知青这个问题上,我不可能选择"知青作家"的角度,相反,我的角度是村子里的,是农民的。这也许是我和知青作家最大的差异。我不拥有真理,但我拥有角度。我想我不能也不该偏离我的角度。即使有一天,未来证明了我的角度有问题,我也愿意把《平原》放在这里,成为未来这个话题的一个小小的补充。

我最不想说和我不得不说的这个人是老顾。他是一个被遣送到乡村的"右派"。我写这个人不只是纠结,我简直就是和自己过意不去。——我的父亲就是一个被遣送到乡村的"右派"。

长期以来,无论是早起的"伤痕文学",还是后来的"右派文学",包括再后来的"反思文学",在中国的当代小说当中,"右派"这个形象其实已经有了他的基本模式,概括起来说,——他是被侮辱的,也是被损害的,他在政治上代表了最终"正确"的那一方,他是早觉者,他是悲情的文化英雄。

因为家庭的缘故,我从小就认识许许多多的"右派"。当然了,他们和我的父亲一样,都是"小右派"。在我的文学青年时代,我读过大量的"右派作家"和有关"右派"的小说,我的总体感觉是,我的前辈们偏于控诉了,或者说,偏于抒情了。这是可以理解的。但是,时间过去了这么久,不能说这不是一种遗憾。现如今,"右派"作家年事已高,大部分都歇笔了。如果他们还在写,他们会做些什么呢?

"右派"是集权的对抗者。"右派形象"也是文学作品当中集权的对抗者。他们是可敬的。我的问题是,当历史提供了反思机遇的时候,这里头该不该有豁免者?有没有人可以永久地屹立在绝对正确的那一方?我的回答是不。《平原》的反思包涵了"右派",这并不容易。一方面有我能力上的局限,另一方面也有我感情上的局限。在写老顾这个人物的时候,我是沉痛的。我至今都没有让我的父亲读《平原》,我们从来没有聊过这个话题。我是回避了。——面对老顾,我从骨子里感受到一个小说家的艰难。许多时候,你明确地知道"该"往哪里写,但是,你下不去笔。这样的反复和犹豫会让你伤神不已。

《平原》的第一稿是 33 万字,最后出版的时候是 25 万。我在第三稿删掉了 8 万字。这 8 万字有一部分是关于乡村的风土人情的,——在修改的时候,我不愿意《平原》呈现出"乡土小说"的风貌,它过于"优美",有小资的恶俗,我果断地把它们删除了;另外的一个部分就是关于老顾。我要承认,我"跳出来"说了太多。这个部分我删掉的大概也有 4 万字。

为了预防自己反悔,把删除的部分再贴上去,我没有保留删除掉的那 8 万字。在我的写作生涯中,这是让我最为后悔的一件事。我的直觉是,有关老顾的那 4 万字,我这辈子可能再也写不出来了,那个语境不存在了。借助于老顾,我对马克思《巴黎手稿》有很长很长的"读后感",我只记得我写得很亢奋,但是,《巴黎手稿》我基本上已经忘光了。没有受过良好哲学训练的人就这样,他永远都不可能成为一个好的哲学读者,读也读了,忘就忘了。

我感兴趣的其实还是"异化"这个问题。这是一个老话题了。上世纪 80 年代读大学的朋友一定还记得,那个时代有过一次"异化问题"的社会大讨论。"异化"这个概念最早是由费尔巴哈提出来的,他讨论的是人与上帝的关系,上帝最终使人变成了"非人"。黑格尔接手了这个话题,他借助于"辩证法"——这个雷霆万钧的逻辑方法,进一步探讨了人类的"异化"。马克思,作为一个是革命的鼓动家,在号召"全世界无产者"革命之前,他分析了"商品",揭示了"剥削";他同时也探索了"异化",他的"辩证法"是这样的:"大机器生产"与"工人阶级"是"对立的统一",这个"对立统一"的结果是人的"异化"——人变成了机器。

——我其实并没有能力讨论这样宏大的哲学问题。让我对"异化"问题产生兴趣的是我大学三年级的一次阅读。一个小册子,白色封面,红色书名。作者是"高层"的一位"秀才"。他的论述是这样的:中国是农业社会,还没有进入马克思所谈及的"大机器生产",所以,中国社会不存在"异化"问题。

读完这个小册子我非常生气,一个年轻的、读中文的大学生,他没有很好的哲学素养,他尚未深入地了解社会,他没有缜密的逻辑能力,可他不是白痴。你不能这样愚弄我。——这是什么逻辑?——这哪里还是讨论问题?这是权力借助于"理论"这粒伟哥在暴奸。

我写老顾,说到底,不是写"右派",写的是"理论"或"信仰"面前中国知识分子的"异化"。

也许我还要简单地谈一谈第四个人物,三丫。我打算把这一段话献给今天的年轻人。三丫的悲剧来自于血统论。血统论,多么陌生的一个词啊。我想说的是,血统论是这个世界上最邪恶的事情,最起码,是最邪恶的事情之一。

说到这里我特别想说一点题外话。很长时间以来,我的脑袋上一直有一顶不错的帽子,"写女性最好的中国作家"。这个评价是善意的,积极的。但是,在现实层面,它有意无意地遮盖了一些东西。我不会为此纠结,可我依然要说,我的文学世界委实要比几个女性形象开阔得多。

《平原》大致上写了三年半。在现在为止,《平原》是我整个写作生涯中运气最好的一部。它从来没有被打断过。我在平原上"一口气"奔跑了三年半,这简直就是一个不可思议的奇迹。在今天,当我追忆起《平原》的写作时,我几乎想不起具体的写作细节来了,就是"一口气"的事情。当然,它也带来了一些副作用。在我交稿之后,我有很长时间适应不了离开《平原》的日子。有一天的上午,我端着茶杯来到了书房,坐下来,点烟,然后,把电脑打开了。啪啪啪,不停地点鼠标。我做那一切完全是下意识的,都自然了。文稿跳出来之后我愣了一下。这个感觉让我伤感,它再也不需要我了。我四顾茫茫。我只是叠加在椅子上的另一张椅子。我也"异化"了。我记得那个时间段里头正好有一位上海的记者采访我,她让我谈谈"写完后的感受",我是这样告诉她的:"我和《平原》一直手拉着手。我们来到了海边,她上船了,我却留在了岸上。"

老实说,我从来不觉得自己在文学上拥有超出常人的才能。

我最大的才华就是耐心。我的心是静的。当我的心静到一定的程度，一些事情必然就发生了。

事情发生了之后，我的心依然是静的。那里头有我的骄傲。

《推拿》的一点题外话

我出生于六十年代的苏北乡村，在六十年代的中国乡村，存在着大量的残疾人。

我注意过知青作家的作品，在他们的作品中，人物的名字很有特点，经常出现二拐子、三瞎子、四呆子、五哑巴、六瘫子这样的人物。这不是知青作家的刻意编造，在我的生活中，我就认识许多的三瞎子和五哑巴。

我对残疾人一直害怕，祖上的教导是这样的："瘸狠、瞎坏、哑巴毒。"祖上的教导往往凝聚着民间的智慧。"瘸"为什么狠？他行动不便，被人欺负了他追不上——这一来"瘸"就有了积怨，一旦被他抓住，他会往死里打；"瞎坏"的"坏"指的是心眼坏，"瞎"为什么坏？他眼睛看不见，被人欺负了也不知道是谁——这一来他对所有的"他者"就有了敌意，他是仇视"他者"的，动不动就在暗地里给人吃苦头；哑巴为什么"毒"呢？他行动是方便的，可他一样被人欺负，他从四周围狰狞的、变形的笑容里知道了自己的处境，他是卑琐的，经常被人"挤对"，经常被人拿来"开涮"，他知道，却不明白——这一来他的报复心就格外地重。我并没有专门研究过残疾人的心理，不过我可以肯定，那个时候的残疾人大多有严重的心理疾病,他们的心是高度扭曲和高度畸形的。

他们的心是被他人扭曲的,同时也是被自己扭曲的。

在六十年代的中国乡村,人道主义的最高体现就是人没有被饿死,人没被冻死——如果还有所谓的人道主义的话。没有人知道尊严是什么,尊重是什么。没有尊严和尊重不要紧,要紧的是要有娱乐。娱乐什么呢?娱乐残疾人。最直接的方式就是取笑和模仿——还是说出来吧,我至今还能模仿不同种类的残疾人,这已经成了我成长的胎记。

我们都知道著名的小品演员赵本山,他早期的代表作之一就是模仿盲人。他足以乱真的表演给九百六十万平方公里的大地送来了欢乐。我可以肯定,赵本山的那出小品不是他的"创作",是他成长道路上一个黑色的环节。

我要说的是,在六十年代的中国乡村,每个乡村不仅有自己的残疾人,还有自己的赵本山。不可思议的是,这些"赵本山"不是健全人,而是残疾人。我的父亲、母亲,我的两个姐姐,包括我本人,至今还记得一位这样的盲人,他叫"老大朱"。为了取悦村子里的父老乡亲,他练就了一身过人的本领,比方说,他的耳朵会动,比方说,他会学狗叫、猫叫、驴叫,他还能模仿瘸子走路。只要有人对他吆喝:"瞎子,来一个。"他就会来一个。请允许我这样说,他的生活是"牛马不如"的。在夏天,他几乎每一天都能吃上肉——所谓肉,是酱碗里白花花的蛆。我曾亲眼看见老大朱把那些白花花的蛆虫送进自己的口腔,一边吃,一边对我们这些围观的孩子们说:"好吃!你们吃不吃?"

老大朱没有门牙,他的两颗门牙一定是被一棵树或一堵墙夺走了。但是老大朱喜欢咧着嘴,他在任何一个地方都要露出疑似的、没有门牙的笑容。当他伫立在巷口或猪圈旁边的时候,乡村快乐的时光就来了,人们会把手指、树枝、鸡毛,甚至尖辣椒塞到他的牙缝里去,老大朱强颜欢笑,所有的人都可以透过他门牙上的豁口看见他愤怒的、无可奈何的舌尖——我们的笑声欢天喜地。

我阅读过一些分析我们"民族性"的书籍和文章,在那些书籍和文章里,虽然观点不尽相同,但是,有一点是一样的,他们说,中华民族之所以能够"屹立"在东方,和我们这个民族"苦中作乐"的精神是分不开的。当然,相应的小说我也读过。什么是"苦中作乐"的精神呢?我想我知道。它的本质是作践,作践自己,并作践他人。

写到这里我必须要说《阿Q正传》。我想知道的是,鲁迅先生在写《阿Q正传》之前他想了些什么?作为一个乡下长大的孩子,他看见了什么?他的体会是什么?在他长大之后,他对他的"童年记忆"做了怎样的回溯与规整?这些我都想知道。阿Q无疑是中国民间"苦中作乐"的杰出代表,他的面容是模糊的,鲁迅先生用Q这个英文字母只给了他一个背影——这是一个中年的男人,因为缺钙,他的脑袋硕大无朋,因为营养不良,他的小辫子相当地枯瘦,一小撮黄毛而已。我相信鲁迅先生先确认了阿Q这个名字之后一定经历了一番振奋,他摩拳擦掌了。他看到了一个民族的背影,也可能是一个民族"时代"的背影。

我并不认为阿Q和他的"未庄"人是麻木的,阿Q们不是麻木，"演员"是明白的，看客也是明白的，这明白就是将所有的"脸面"一把撕碎，然后，"难言之隐，一笑了之"。阿Q们仅有的一点偏执是将娱乐进行到底。

> 瓦尼亚将身坐在沙发
>
> 酒瓶酒杯手中拿
>
> 他还没有倒满半杯酒
>
> 就叫人去请卡金卡

这是俄罗斯的民歌，柴可夫斯基把它的旋律借用过来了，写成了《如歌的行板》。我想说，优美的、忧伤的《如歌的行板》里有一种精神，这精神才是苦中作乐。阿Q们的则不是。道理很简单，苦中作乐里头有人的尊严，它包含了自尊、帮助、友善和有所顾忌；而阿Q们的逻辑则是这样：我就不是人！我就不要脸！即使要，那也是虚荣，与尊严无涉。

但鲁迅终究是怀有希望的，他认准了阿Q们依然喜爱一点体面，为此，他不惜"用了曲笔"，他在阿Q的坟头上"放了一个花环"。这个花环就是阿Q的画押，他要把那个"圆"画圆了，并放在自己的坟头。这是一个人最后的、莫须有的体面，也叫尊严。

我如此在意尊严是在这些年和残疾人朋友的相处之后。我不是先知，但是，因为长期的相处，他们的"行为"使我意识到了一个问题，尊严的问题不再是一个可有可无的问题，在中国，它几乎是一个社会问题，是的，一个社会问题。

我不能说我们这个民族仇视尊严，我只想说，在我们这个时代,尊严是严重缺失了。我不知道人的"终极问题"是什么,但是,如果"人"从"尊严"的旁边绕过去,那一定是一条不归路——在今天的中国,如果还有一群人、一类人在讲究尊严的话,那一群、那一类是残疾人。大多数人,当然也包括我自己在内,我们精神上唯一的向度是"利润"。在利润面前,我们无所顾忌,我们无所不用其极。我们还会将这样的无所顾忌,这样的无所不用其极上升到"智慧"的高度。

这是一个物质的时代,或者说,商品的时代,不少人因为对现状的失望,把他们(包括勒克来齐奥在内)的批判锋芒瞄准了物质,或者说,商品。这是荒谬的瞄准。物质没有错,商品更是无辜,我们唯一要问的,是我们自己丢弃了什么。这丢失不是发生在今天,它早就丢失了。它生龙活虎的、不知羞耻的"体现"则是在物质时代。可怜的物质时代,你遭受了多大的委屈!

我一直渴望自己能够写出一些宏大的东西,这宏大不是时间上的跨度,也不是空间上的辽阔,甚至不是复杂而又错综的人际。这宏大仅仅是一个人内心的一个秘密,一个人精神上的一个要求,比方说,自尊,比方说,尊严。我认为它雄伟而又壮丽,它是巍峨的。我把任何一种精神上的提升都看得无比地宏大,史诗般的,令人荡气回肠。很不幸,我承认我的看法会遭到反对。人们在意的"宏大"依然是一个古老的话题:把故事拉长到五十年至一百年;把故事放在三百六十万平方公里至八百六十万平方公里上——唯其如此,方能体现艺术,尤其是长篇小说的"规模"与"构架"。老实说,我深不以为然。为什么?那其实很容易,真的很容易。

我突然就想起来给我的儿子买鞋,他在七岁的那一年我带他去买鞋。七岁的孩子是崇敬爸爸的,他觉得爸爸大,爸爸的什么都大,大很了不起,所以,七岁的儿子也要大。他在鞋柜面前闹,他不要合脚的鞋,他要"像爸爸一样"穿"大鞋"。我告诉他,不行,你穿那样的鞋是要摔倒的,他不听,他宁可摔倒他也要大鞋。结果是这样的:他的两只小脚站在了两只大鞋里,像脚踩两只船。他的脸上绽开了幸福的笑容。我爱死了那个场景。

　　问题是,孩子干的事成人是不能干的,同样的事,七岁的孩子干了,他无比地可爱,成人去干呢?那是什么?我不知道,不体面那是一定的。

恰当的年纪

作品和作家的组合关系也很有趣,如果是一九九五年——我写《哺乳期的女人》的那一年——三十一岁的作者该如何去写《推拿》呢?我想可能是这样的:他一定会把《推拿》写成一部象征主义的作品,作品中的人物是次要的,人物的感情也是次要的,他要逞才,他要使性子,他要展示他语言的魅力,他要思辨。亨廷顿说了,这是一个"理性不及"的世界,借助于盲人这个题材,三十一岁的年轻人也许会鼓起对着全人类发言的勇气,试图图解亨廷顿的那句话。年轻人很可能会做出这样的决定:张三象征着局部,李四象征着局限,王五象征着人与人,赵六象征着人与自然——所有的人都在摸象,然后,真理在握。在小说的结尾,太阳落下去了,它在什么时候才能再一次升起呢?没有人知道。盲人朋友最终达成了这样一个伟大的共识,这个世界从来就没有太阳,它只是史前的一个蛋黄。

写作其实不是文学,而是化学。这么多年的写作经验告诉我:同样的人、同样的事,在不同的年龄阶段,它们在小说家的内部所构成的化学反应是完全不一样的。什么是好的语言?布封说:"恰当的词放在恰当的地方。"什么是好的机遇呢?我会说:

"恰当的小说出现在恰当的年纪。"在恰当的年纪,作品与作者之间一定会产生最为动人的化学反应。

我写《推拿》的那一年是四十三岁,一个标准的中年男人。因为长期的家庭生活,中年男人有了一个小小的改变,过去,中年男人无比在意一个"小说家的感受",为了保护他的"感受力",他的心几乎是封闭的、绝缘的。但是,生活慢慢地改变了他,他开始留意家人,他开始关注"别人的感受"。对一个家庭成员来说,这只是一个小小的变化,但是,相对于一个小说家而言,他迈出了革命性的一步。

就在我写完《推拿》不久,我在答记者问的时候说了一句话:"对一个小说家来说,理解力比想象力还要重要。"这句话当即遭到了学者的反对。我感谢这位学者的厚爱,其实他完全用不着担心,想象力很重要,这个常识我还是有的。我之所以把理解力放到那样的一个高度,原因只有一个,我四十三岁了。我已经体会到了和小说中的人物心贴心所带来的幸福,有时候,想象力没有做到的事情,理解力反而帮着我们做到了。

想象力的背后是才华,理解力的背后是情怀。一个四十七岁的老男人可以很负责任地说:人到中年之后,情怀比才华重要得多。

情怀不是一句空话,它涵盖了你对人的态度,你对生活和世界的态度,更涵盖了你的价值观。人们常说:中国的小说家是"短命"的,年轻时风光无限,到了一定的年纪,泄了。这个事实很能说明一个问题,我们不缺才华,但我们缺少情怀。

小说家的使命是什么?写出好作品。这句话只说对了一半。小说家也有提升自身生命质量的义务。在我看来,生命的质量取决于一件事,作为一个人所拥有的情怀。我渴望自己有质量,虽不能至,心向往之。

我至今也不认为《推拿》是一部多么了不起的作品,但是,对我来说,它意义重大。我清晰地感受到,通过这本书的写作,我和生活的关系扣得更紧凑一些了,我对"人"的认识更宽阔一些了。这是我很真实的感受。基于此,我想说,即使《推拿》是一部失败的作品,在我个人,也是一次小小的进步。

我找到了我的新方向,我又可以走下去了。

情感是写作最大的诱因

与小说有关的一些东西中,我特别感兴趣的是小说的生成,或说小说创作的第一动因。人在写作时,身体里会有一些柔软的部分,这些柔软的部分一旦被触动,就会有一些调皮的东西迸发出来,这些迸发出来的东西很可能就是一部作品。从我个人来讲,作品的产生大多来自自己身体里迸发出来的东西,它们是经验、情感和愿望。

经验是小说创作的根底。没有经验,根本就写不了。经验对小说家的价值,我觉得怎么评价都不过分。它在你迷失的时候悄悄地支撑起你的行为,那就是创作。《哺乳期的女人》的写作来自于一个细碎的小经验:与哺乳期的女同事短暂的拥抱,一股强烈的气味刺激了我。这一经验深深植根在我的心中。不久,我生病住院,躺在病床上怎么也赶不走那个拥抱、那种气味。我当时没想写作,可我想说的是,经验在这时表现出了无比可贵的价值。它在我的潜意识中已经爬进了小说创作的进度,换句话说,我自己还没意识到我要写小说的时候,经验已经告诉我你可以开始创作了。后来又结合"空镇"所见和阅读经历,当所有这些联系起来以后,几乎都没让我动脑筋,像命运安排一样,我写成了《哺乳期的女人》。

再就是情感动因。我把那种看似无用的、没有对象和没有来源的情感，放在内心，反复琢磨、考虑，让这种情感尽可能地和外部发生关系，然后形成一部作品。《青衣》就是一个非常虚拟的情感催动的作品。二十世纪末的时候，我很焦虑，总有一双女人的手在我的脑子里晃动，我必须去寻找这个情感的来源，使自己安宁下来。而当我看到一则女演员身患重病，不顾生命危险登台演出的消息时，我觉得我焦虑的心被安抚了。我假设女演员的这种行为与手有关，或者说跟一个女人内心无法破解的欲望有关，而且这个欲望已经强烈到一个程度，支撑她，使她认为它比自己的性命更重要。从我个人的写作角度来讲，最多的一种小说创作的诱因是情感，它为我提供能量，提供源源不断地向下写，往下寻找的动力。我大概写了一百多部作品，其中六十多部最早由情感诱发，导致我进入写作。

最后是愿望。最初写《玉米》的时候，就有一个强烈的愿望，想写一个特别的爱情故事，尽可能地让两个人处在爱得死去活来同时又缅怀的状态。这种缅怀不是由距离带来的，两个人就生活在一起。但我把这个爱情故事摁住，永远不让它挑破，永远不让他俩有身体的关系，让他们处在思念、爱和缅怀之中。我特别想写这样一种爱情，因为我痴迷一样东西：害羞。害羞的底子不是害羞，是珍惜。一个人渴望得到一件东西，可是她不敢轻举妄动，她知道万一轻举妄动就会失去，所以她在情感表达上会呈现害羞的状态。我觉得害羞的状态和珍惜的状态，是我们现当代文学中缺乏的东西，尤其是我们人生当中缺少的东西，也是今天我们的爱情中所缺少的东西。后来这个爱情小说由于其他原因写成了时代小说，但却是我想了解爱情、呈现害羞、表达珍惜的愿望诱发的。

这些都是从我身体里迸发出来的，与大家分享。

我和我的小说

我的父亲是一位退休的教师,我的母亲也是一位退休的教师。我的大姐做过教师,我的二姐也做过教师。我的太太至今还是一位教师。我的生活其实是被教师包围着的。我呢,一九八七年,我师范学院毕业了,自然而然地也成了一名教师。孟子说:"人之大患在好为人师",可我却喜欢我的"大患",我想我是喜欢为人师的。

在做教师的同时我有我的业余爱好,那就是写小说。我做教师的那会儿每个星期只有八节课,时间很富裕,尤其是晚上。我把这些很富裕的时间都用在了写小说上。我在年轻的时候失眠很厉害,一到晚上精力就无限充沛,像一只时刻预备着引吭高歌的小公鸡。我想说的是,写小说帮助我省去了许多安眠药,写完了,我就踏实了,然后呢,当然是"洗洗睡"。

我的处女作就是在我做教师的时候发表的,那是一九九一年。这已经是我做教师的第五个年头了。我一直在艰苦地写作,比一个奥运的周期还要长。为了表示对我的支持,教务处的朋友一再妥协,把我的课安排在上午三、四节,后来又安排在下午。我感谢他们。

我的教师生涯延续了五年。这五年是快乐的。为了纪念这快乐的五年,我决定夸自己一次:我是敬业的。我并没有为了所谓的小说而耽搁我的学生,我尽到了一个教师的责任。同时我还要说,我感谢我的职业,我学会了用简单的语言去说复杂的事情。

一九九二年,我来到了《南京日报》。我总共在《南京日报》待了六年,这六年不容易。《南京日报》离我的家很远,骑自行车需要八十分钟。来到《南京日报》不到一个月我就后悔了,但是,没有回头路。做媒体的那六年是我的情绪非常低落的六年,因为情绪低落,我格外地想写,几乎有些病态了。回过头来看,我在那个时候接近疯狂的写作完全是为了逃避,我几乎就生活在一篇又一篇的小说里,像一个"赶场子"的艺人。我很难把自己融入《南京日报》那个伟大的集体。这个不怪别人,要怪只能怪我自己,我写不了新闻。我能把假的东西写得像真的,但我也能把真的东西写得像假的。我最痛恨的三个字就是"本报讯"。写下"本报讯"这三个字我就会处在弱智的状态,全世界都缺氧。在本质上,我是个虚构的人,我喜欢虚构,我喜欢虚构给我带来的满足。天马行空。南朝四百八十寺,多少楼台烟雨中。

一九九八年我开始了我的第三份职业,做起了《雨花》文学杂志的编辑。这一年我三十四岁。截止到三十四岁为止,我已经写下了一些可以拿得出手的作品了,有些作品我在今天也未必写得出来,比方说,《叙事》《雨天的棉花糖》《哺乳期的女人》《上海往事》《楚水》等。在这个阶段我还得了不少文学奖,包括第一次获得"鲁迅文学奖"。——这份成绩单是说得过去的。

但是,我这样说不是为了肯定我自己,相反,是反思我自己。如果我对自己严格一点,我想说,我的文学生涯到了这个时候真的开始了。

这个开始是从哪一天算起呢?也没有一个具体的日子。我只是知道,我认识"他"了。我在"我"身上纠结的时间太长了。在这里我必须要说:这个"我"是珍贵的,在漫长的中国当代文学里头,"我"一直是缺失的,我们只有"我们",没有"我"。在现代主义小说进入中国之后,"我"成了中国当代文学的关键词,在此之前,"我"是一个令人羞耻的东西,浑身沾满了不洁、自私的气味。

我是在寻找"我"并扩张"我"的文学思潮中开始我的小说创作的,我为它奉献了我全部的青春。我的努力、焦虑和虚荣全在"我"里头。有趣的是,在探求"我"和这个世界的关系的过程中,最终发现的恰恰不是"我",而是"他"。

这个发现让我开阔了许多,我的焦虑感消失了。这是一种神奇的感受。我想我放松了。写作于我不再是一个自私的行为。更加不可思议的是,我在学会放松的过程中领略了节制。对待"他",你必须节制。这节制意味着你不可以由着你自己,你必须让"他"在你的作品中获得更多的机会。这机会来自于"我"的想象力、理解力和弹性。我相信我的内心经历了一场革命。

"他"是谁?我想这并不重要。我需要全力保证的是,在我的世界里,"他"是自由的,我没有任何理由阻挡、偏离"他"的行为与思想,"他"的能量与生长激素是最为尊贵的。

这样一说写小说其实就是这样的一件事，你引导着你自己成了一个人道主义者。这是文学的最高要求，也是文学的基本底线。

中篇小说的"合法性"

在中国的当代文学里,"中篇小说"的合法性毋庸置疑。依照长、中、短这样一个长度顺序,中篇小说就是介于长篇小说和短篇小说之间的一个小说体类。依照"不成文的规定",十万字以上的小说叫长篇小说,三万字以内的小说叫短篇小说,在这样一个"不成文"的逻辑体系内,三万字至十万字的小说当然是中篇小说。

然而,一旦跳出中国的当代文学,"中篇小说"的身份却是可疑的。中国现代文学史的常识告诉我们,尽管《阿Q正传》差不多可以看作中篇小说的发轫和模板,可是,《阿Q正传》在《晨报副刊》连载的时候,中国的现代文学尚未出现"中篇小说"这个概念。

如果我们愿意,跳出汉语的世界,"中篇小说"的身份就越发可疑了。在西语里,我们很难找到与"中篇小说"相对应的概念,英语里的Long Story勉强算一个,可是,顾名思义Long Story的着眼点依然是短篇,所谓的中篇小说,只不过比短篇小说长一些,是加长版的或加强版的短篇。

那一次在柏林,我专门请教过一位德国的文学教师,他说:

说起小说,拉丁语里的 Novus 这个单词无法回避,它的意思是"新鲜"的,"从未出现过"的事件、人物和事态发展,基于此,Novus 当然具备了"叙事"的性质。意大利语中的 Novelala、德语里的 Novelle 和英语单词 Novel 都是从 Novus 那里挪移过来的。——如果我们粗暴一点,我们完全可以把那些单词统统翻译成"讲故事"。

德国教师的这番话让我恍然大悟:传统是重要的,在西方的文学传统面前,"中篇小说"这个概念的确可以省略。姚明两米二六,是个男人;我一米七四,也是男人,绝不是"中篇男人"。

现在的问题是,中国的小说家需要对西方的文学传统负责任么?不需要。这个回答既可以理直气壮,也可以心平气和。

我第一次接触"中篇小说"这个概念是在遥远的"伤痕文学"时期。"伤痕文学",我们也可以叫作"叫屈文学"或"诉苦文学",它是激愤的。它急于表达。因为有"伤痕",有故事,这样的表达就一定比"呐喊"需要更多的时间和更大的篇幅。但是,它又容不得十年磨一剑。十年磨一剑,那实在太憋屈了。还有什么比"中篇小说"更适合"叫屈"与"诉苦"呢?没有了。

我们的"中篇小说"正是在"伤痕文学"中发育并茁壮起来的,是"伤痕文学"完善了"中篇小说"的实践美学和批判美学,在今天,无论我们如何评判"伤痕文学",它对"中篇小说"这个小说体类的贡献都不容抹杀。直白地说,"伤痕文学"让"中篇小说"成熟了,这就是为什么我们可以从寻根文学、先锋文学、新写实文学到晚生代文学那里读到中篇佳作的逻辑依据。中国的当代文学能达到现有的水准,中篇小说功不可没。事实永远胜于雄辩,新时期得到认可的中国作家们,除了极少数,差不多每个人都有拿得出手的好中篇。

这样的文学场景放在其他国家真的不多见。——中国的文学月刊太多,大型的双月刊也多,它们需要。没有一个国家的中篇小说比中国新时期的中篇小说更繁荣、成气候,这句话我敢说。嗨,谁不敢说呢。

说中篇小说构成了中国当代小说的一个特色,这句话也不为过。

当然,我绝不会说西方的中篇小说不行,这样大胆的话我可不敢说。虽然没有明确的"中篇"概念,他们的"长短篇"或"短长篇"却是佳作迭出的。我至今记得一九八三年的秋天《老人与海》让我领略了别样的"小说",它的节奏与语气和长篇不一样,和短篇也不一样。——铺张,却见好就收。

所以说,"合法性"无非就是这样一个东西:它始于"非法",因为行为人有足够的创造性和尊严感,历史和传统只能让步,自然而然地,它"合法"了。

V

手机的语言

　　细心的朋友一定注意到了,我在《推拿》里头写到了手机。我本人是不用手机的,因为不用手机,我被问了许许多多的"为什么"。其实很简单,我几乎就是一个宅男,家里头的那台座机足够我和这个世界保持联络了——我为什么要把座机的电线掐断,再把它捆在裤腰带上呢?这一交代事情就有些无趣,我没有和现代性对着干的意思,我的行为不涉及坚守、捍卫等彪悍的、形而上的内容。

　　同时我还要说,我对手机没有仇恨。因为没有仇恨,我就会用一种宁静的,甚至是审美的心情去审视它——这一审视我还真的有了新发现了:手机业已为我们创造出了一种新语言。比方说,在年轻人的短信当中,"再见",也就是"拜拜",被乐呵呵写成了"88",而英语好的孩子们则更不含糊,他们的"再见"也就是"See you"也有了崭新的书写方式,很简单,酷劲十足,就两个字母:"CU"。

　　马上就有人要反驳我了,这是什么新语言嘛!我要说,是的,是新语言。例子是现成的,我在做足疗的时候读到过,准确地说,是听到过大量的手机语言。一个男人的手机响了,是一个

155

女的发来了短信：

　　——干吗呢？

　　——躺着呢，捏脚呢。真想和你躺在一起，敢不敢啊？

　　——我有什么不敢的？只怕是我一去你就软了吧？
呵呵。

　　——你来了我当然要软。

　　我想这样的语言我们已经熟悉了。这样的腔调已经拥有了
时代性和全民性。它暧昧，有点像打趣，有点像调情，它的特征
是攻守兼备，它的魅力在于进退自如。它是聊天的上限，它也是
故事或事件的下限，大大方方地亲昵，加上一点小小的脏。在当
今的中国，再木讷、再愚钝的男女都已经拥有了两种不同的语
言，一种是日常的、正式的口语；一种是风光无限的、人欲横流的
（我在《推拿》里头把它叫作"哗啦啦"）手机书面语。如果一个
人用日常的、正式的口语去写短信的话（办事除外），只能说明
一个问题：他低智、无趣、落伍、冬烘，一句话，他太"二"。

　　手机就这样悄然无痕地改变了我们的人际。我要说的是，
手机已经给我们带来了一种新文明。多年之前，刘震云写过
《手机》——张国立先生瞪着惊恐的眼睛把手机叫成了"手雷"。
我钦佩刘震云的天才与敏锐。但是，我是有遗憾的。手机不是
手雷。手机是生化武器。手机是转基因。手机不动声色地改变
了我们的文化，我们放弃了真挚，我们选择了半真与半假，我们
的语言是油腔的、滑调的——恋爱、倾诉、表达感情都有新语言，
更不用说"搞男人"或"搞女人"了。其实"搞男人"和"搞女人"

里头反而有真挚和美。我们的语言换了人间。手机让我们变得粗鄙。通过手机语言,我们在"粗鄙地享受"(陀思妥耶夫斯基语),我们的内心很难滋生并回味"很讲究的情绪"(哈代语)。我把这种新的语言、新的文明叫作"手淫"——通过"手机"去"意淫"。

手机有错么?没有。这个是一定的。手机在帮助我们,它一点错都没有。我必须要说的是,对于我们这个民族来说,一切都是特殊的,手机出现在了我们的特殊时期,也就是"转型期",我们的政治秩序在变,我们的经济秩序在变,关键是,我们的心在变。心变了,往更加贪婪和更加不知羞耻里变。这一来语言就跟着变。更加贪婪和更加不知羞耻在语言上必然是这样的:既赤裸,又暧昧。赤裸是目的,暧昧则是武器,这武器是多么斑斓,军人们把这样的斑斓叫作迷你——迷你,迷他,也迷我。

《推拿》到底写了什么?我到现在都还没有想好。我真的说不好。但是,有一个重点是清晰的,我想写一点尊严。看过来看过去,我只能在盲人的身上寄托它了。我不知道我们这些"健全人"还有多少尊严,我不知道,包括我自己在内。我也在"粗鄙地享受",我多么渴望我的内心能多一些"很讲究的情绪"。

记忆是不可靠的

我的写作和记忆的关系是什么呢？那就是：我不相信记忆这个东西。"不相信"就是我的写作与我的记忆之间的关系。我一直以为，记忆是动态的，充满了不确定性。这种动态或不确定使记忆本身带上了戏剧性，也就是说，带有浓重的文学色彩。

我在初中一年级的时候，和班里的一位同学打了一次架。关于男人的打架，我们在酒席上时常听说。我不知道大家注意过没有，许多人在叙述自己打架的时候都要在前面做一点补充，补充什么呢？——先说明被打的那个家伙不是东西，该打。我也是这么干的，我一次又一次地告诉大家，我的这个行为是正当的。其实，在打架之后，我的父亲让我脸面失尽，可我从来不说我被父亲修理这个事情。——这就涉及我要说的第一个问题，面对记忆，我们时常会做道德上的修正。这种修正是不自觉的，道德上的需要一下子就使我们的记忆变形了。记忆是利己的，它不可能具备春秋笔法，它做不到不虚美、不掩恶。记忆最大限度地体现了人类的利己原则，这是人性的特征之一。

记忆不只是自利，在道德上做不自觉的修正，它还有第二个特征，那就是美学化倾向。我还是说我初中阶段的那次打架吧，这件事我说过许多次,我发现,每一次叙述我都要添加一点东西,说到最后,我快把自己说成金庸小说里的武功高手了。这是一个逐步演变的过程,我的故事被我越说越精彩,戏剧性越来越强,我为什么要这样做?我不知道,你不能轻易地批评我撒谎,在主观上,我没有撒谎的企图。我只想说,记忆一旦遇到当事人的叙述,它就会脱离事态的真相,离虚构越来越近。虚构又何尝不是人性的特征之一呢?

所以,记忆的特征和文学的特征有相似性,记忆一旦偏离了它的正常轨道,离不开人性的外部处境,有时候,让记忆偏离轨道,也许正是我们内心的一点需要,这需要其实挺可怜的,它有没有抵抗的意思呢?它是不是也构成了当事人与现实的关系?我不知道。

我还要说一件事。我的少年时代是在二十世纪六十年代的苏北乡村度过的,家里非常穷。草房里只有两张床,一张是我的两个姐姐合用的,一张是我的父母和我合用的。许多夜晚,我的父母都要坐在床上,悄悄地谈他们过去的生活。我就躺在他们身边,听他们说。他们谈的是生活,没错,可是,关于生活,我的眼里有一个完整的概念,那就是六十年代的苏北乡村。——生活怎么还会有另外的一副样子呢?就在我父母的嘴里,它一样很现实。一方面是我父母的叙述,另一方面是我的真实体验。问题来了,关于生活,我的记忆呈现出了分裂的局面。我想说,我父母所描述的那个"生活"我从来没有参与过,可是在我的记忆中,"我家"的生活就是我的父母所叙述的那个样子,而不是六十年代的苏北乡村。这就是我关于"家"的记忆,这里的分裂是惊人的。有一句话我不知道正不正确,对于写小说的人来说,记忆的分裂是一件好事情,真实记忆与虚拟记忆之间能够产生张力,彼此形成一种互动,最终产生出化学反应。内心的生动性和饱满程度也许就是由记忆的分裂性带来的。

余华说:"一个记忆回来了"。要理解一个记忆的"回来",就必须回顾我们的历史。二十世纪八十年代,我们的文学经历过一个特别的时期,我们把那个时期的文学叫作"先锋文学"。先锋文学有两个最显著的特征,就是历史虚构和现实虚构。这两个虚构又有一个共同的背景,那就是西方:既有西方的观念,也有西方的方法。无论是历史虚构还是现实虚构,和我们的本土关系都不大。换句话说,先锋小说是"失忆"的小说。

但是,文学的发展脉络说明了一件事,慢慢地,中国的作家似乎渴望脱离西方了,中国作家的眼睛睁开了,渴望看一看"我们自己"所走过的路。这是本土意识的回归,在这个前提下,余华说:"一个记忆回来了"。这个"回来"是针对"失忆"的,它改变了当代文学的走向,我们的文学有效地偏离了西方,越来越多地涉及我们的本土,我们的记忆里终于有了我们的瞳孔、脚后跟、脚尖。拥有瞳孔、脚后跟和脚尖的记忆和完全彻底的虚构有本质的区别。这也不是一两个作家的事,本土化和现实感,许多作家都在进行这样的努力。

关于记忆的不可靠,我还想再进一步谈谈。

我们都还年轻,还要继续写,换句话说,我们"现在进行的记忆"必将对未来的写作产生重大的影响,今天生产出什么样的记忆,决定了明天的走向。

大家都看电视新闻,每天都要看许许多多的"真实"消息,事实上,那些真实的事件无一不是被镜头处理过的,还配有播音员的讲解。面对实物,我们时常会忽略一件事,那就是摄像机的机位时时刻刻在做"推、拉、摇、移",不能小看这个"推、拉、摇、移",它使同一个实体和同一个事件千姿百态起来了。我们的记忆比镜头复杂多了,它当然也有它的"推、拉、摇、移",这说明了一个事实,记录或记忆只能有一个命运,那就是千姿百态。

　　为了获取最有效的记忆,我们就不能依赖"推、拉、摇、移",要有更多的分析、比较,我们就不能过分信任自己的情感,更何况我们自身还有那么多的局限、偏见与狭隘。当然,这样一来我们的记忆离"记忆本身"反而更远了,这也是可能的。可是,从理论上说,我特别渴望自己的记忆能和外部的世界建立起一种1:1的关系。这有点过于理想了,但我还是想说,1:1的关系有助于我们更加专注、深入地切入人生,我一直一厢情愿地认为,如果我们的胸怀更阔大一些,内心更柔软一些,我们记忆的变形将会小一些。

地域文化的价值倾向

一九八二年，也可能是一九八三年，我第一次读到了惠特曼，他的《草叶集》里有这样的一句诗："如果身体不是灵魂，那么灵魂又是什么？"

好吧，那我就从身体开始谈起。

从我懂事的那一天起，我就是伴随着"大概念"一起成长起来的，那些大概念包括"革命""人民""祖国""阶级""潮流""世界"，大概念盛行起来了，小概念的处境必然会艰难。我的羞耻感就是在小概念处境艰难的时候建立起来的。我的羞耻感大部分和人的身体有关，尤其是女性的身体。在相当长的时间里，"乳房""臀部"，甚至"脖子""大腿"和"腰"都是不洁的，为了做一个好孩子，为了避免成为一个"小流氓"，我和我的小伙伴们在小学、初中和高中阶段没有和同班的女同学说过一句话。我们这样做是有依据的，正如大家所知道的那样，我们的样板戏里很多英雄都没有配偶，女英雄没有丈夫，男英雄没有妻子。

六百多年前，在我的老家兴化诞生了一部伟大的小说，这部小说叫《水浒传》。它描绘了一百零八个男人反抗压迫、争取自由的故事。一百零八个男人，每个人都有不同的遭遇，每个人都有不同的性格。但是有一点是一样的,这一百零八个男人都仇视并抵制女性的身体。这说明了什么呢?这说明了我们在一千年前就有了英雄的定义和要求:所谓英雄,除了充沛的体能,你不能亲近女人,你必须在女性面前表现出不屈不挠的克制力。

在今天,许多学者都已经取得了共识,——我们的地域文化骨子里是一种"耻感文化",这是和"快感文化"相对应的一个概念。耻感文化首先落实在我们对身体的感知和认识上,我们的身体是羞于见人的,我们的身体是难以启齿的。

但是,如果你考察一下当今的中国,你会高兴地发现,在我们的城市,到处是健身房,到处都是美容中心和减肥中心,我们的年轻人正以一种自我欣赏的心态去选择自己的服装,他们沉迷于身体的线条与肌肤,他们的身体成了他们极为重要的审美对象。哲学上有一个很重要的概念,叫"自我观照",用审美的心去看待自己,势必和用反省的心去看待自己一样重要。

我没有做过专门的调查,但是,如果我们企图选择这个时代的一些关键词,大概念依然是有的,这是不可或缺的,比如说,国家利益、GDP、宏观调控、环境保护、反恐,但是我要说,越来越多的小概念在我们的生活中散发出它们的魅力,这些小概念有一部分正是来自于我们的身体,头发、指甲、刺青、三围和 SPA。

现在的问题是,为什么我的演讲要从身体开始,再涉及一些大概念和小概念,我真正想说的还是文化问题。地域文化有它的稳固性,同时,也有它的可变性。这种可变性往往来自于不同文化的交流、渗透和彼此的化学反应。

三年前,我有幸读到过一本书,书的作者是乔治·维力雪罗,书的名字叫《洗浴的历史》。这是一本关于洗浴的书,一部关于身体的书,一部关于地域文化的书,一本关于文明的书。我吃惊地发现,就在两百年前,法国人有一种顽固的认识,他们认为水是一种有害的东西,它能将病菌带入身体的内部。骄傲的法国人选择了不洗澡。在不得不洗的情况下,法国人必须先穿好衬衣、长裤和袜子,然后,再泡到浴缸里去。这是一种充满了喜剧色彩的文化形态,在这种文化形态里,法国人的鼻子最终没有能够忍受自己身体的气味,香水就这样诞生了。现如今,当我们在法国做客的时候,我们不仅可以洗上热水澡,我们还能在餐厅、咖啡馆、电影院享受到多种不同的香水所混合而成的气味,我要说,这气味是美好的,充满了生活的正面消息。

我相信法国人由穿着衬衣洗澡到光着身体洗澡一定会经历一个不愉快的过程。第一,法国人必须在科学这个层面上突破对水的认识;第二,在与其他文化的交流之后,法国人如何重新选择洗浴的方式。改变自己总是困难的,在文化上做出妥协和退让总是困难的。然而,这个世界从来就不存在不妥协、不退让的文化交流。文化交流的魅力就在于彼此渗透、相互影响、最终能够保持独立。

关于地域文化,伟大的鲁迅先生说过一句话:"越是民族的就越是世界的。"这句话所有的中国人都知道。我承认,这句话有它的道理。但是,人类文化交流的历史告诉我,事实并不是这样。法国人穿着衬衣洗澡,全世界的人却是光着身体洗澡的,中国女人曾热衷于小脚,然而,小脚最终被天足替代了。我想说的是,越是民族的就越是世界的,这句话只看到了地域文化和

164

世界文化的空间关系,它忽略了地域文化背后最为要紧的一个元素,那就是文化的价值。任何一种地域文化,只有有益于人类,有益于人类的发展与交流,这种文化才有生命力,才能成为人类文化的一个有机成分;相反,如果这种文化违背了基本科学常识,违背了人类文明的共同诉求、伤害了生命,无论这种文化具有多么华美的外表,多么具有煽动性和蛊惑力,它最终都会消失。我想说,任何一种文化都不该享有尊严,任何一种文化都不具备神圣不可侵犯的权利,只有文化内部价值才能使文化获得尊严。

鲁迅先生还说过一句话,他说:"文学是叫人生的,不是叫人死的。"我非常喜爱这句话。我想把鲁迅先生的话改装一下,我想说:"文化是叫人生的,不是叫人死的"。

我还想回到身体这个话题上来。关于身体,我想我们所有人都承认,它绝对不只是一个简单的生物组合,不只是蛋白质和维生素。身体的内部蕴含着人类文化的全部内容,它是政治,它是经济,它是教育,它是科技,它甚至还是军事,——人类的军事行为都是以保存自己的身体、消灭对方的身体为前提的。我想强调的是,一切有益于身体的文化都是有价值的,无论它来自哪里。

中国人越来越珍惜自己、珍惜身体、珍惜生命,这样的共识已经成为我们民族文化的一个部分了。换句话说,文化交流改变了中国和中国人,文化交流让我们变得更好,更自信,更属于这个世界。我相信,从文化交流中获得好处的不只是中国人,而是这个世界上的每一个人。文化交流会让所有的身体更健康、更愉快、更美。

文学的拐杖

　　这是一部"文革"期间的作品,《半夜鸡叫》,是《高玉宝》的一个片段,我们可以把它当作一个短篇来读。它写于二十世纪五十年代,风行于"文革"期间。现在的年轻人也许不知道这个作品了,但是,在当时,它是家喻户晓的。《半夜鸡叫》这个故事非常简单,是一个红色的主题,写一个叫周扒皮的地主压迫长工。照理说,长工应该是在天亮之后,也就是鸡叫之后才起床去干活的,可是,周扒皮很狡猾,他每天天不亮就去学鸡叫,引得村子里的公鸡都叫唤起来,长工们只得起床,下地干活。后来,农民终于知道这个阴谋了,他们把周扒皮抓住了,暴打了一顿。

　　这是一个非常有趣的故事。然而,在我很小的时候,我对这个作品心里就有一个疑问,我觉得这个故事不够革命,故事里所描写地主还不够坏:周扒皮为什么要去学鸡叫呢? 多此一举嘛,他完全可以手拿着长棍或皮鞭,天不亮就把长工们的房门踹开,然后,对着农民的屁股每人就是一鞭,大声说:"起床! 干活去!"

　　我觉得周扒皮是可以这么干的,他偏偏就没有。这是一个非常有意思的话题。按道理,这部作品流行于一个特殊的年代,

166

作者完全可以把地主往无恶不作的路子上写,甚至,可以往妖魔化的路子上写,可周扒皮为什么要去学鸡叫呢?

这个问题从作品自身也许是找不到答案的。但我们可以换一个办法来考察一下,假使,我们现在面对的不是小说,而是现实生活。我就是那个地主,你们就是那些长工,事情会是怎样的呢?

我要剥削你们,逼你们干活,这个是一定的。但是,有一点我们又不能忽略,无论地主还是长工,中国的农民就是中国的农民,脸面上的事终究是一个大问题,他们很难跳出这样的一种人际认知的框架,那就是抬头不见低头见。一方面,我要强迫你们劳动;另外一方面,我又要尽可能地避免面对面。这里头就有了日常的规则,生活的规则,我们也可以把它叫作生活的逻辑,或者干脆,我们也可以叫它文化的形态。这个文化形态是标准的东方式的,中国的,那就是打人不打脸,说得高级一点,就是乡村的礼仪。中国的农民是讲究这个东西的。现在,好玩的事情终于出现了,周扒皮和公鸡产生了关系,公鸡又和长工产生了关系。这一来事情就好办多了,——不是我在逼迫你们,而是公鸡在逼迫你们。在这里,公鸡不再是公鸡了,它有了附加的意义,它变成了一个丧尽天良地主所表现出来的顾忌。

我们不去讨论《半夜鸡叫》这个作品的好坏,我只想说周扒皮的顾忌,这个顾忌是有价值的。我不知道《半夜鸡叫》在当时是怎么流行起来的,从当时的文化背景来看,它实在是太反动了,是蒙混过关的。地主阶级剥削农民还要有所顾忌么?我只能说,作者在这个地方一不小心流露出了一样东西,这个东西就叫"世态人情"。就因为这么一点可怜的世态人情，周扒皮这个老混蛋有特点了。我记得当年我们每年都要演《半夜鸡叫》，几乎所有的孩子都抢着去演周扒皮，现在回过头来看，和南霸天与胡汉三这些反面人物比较起来，周扒皮更像一个坏人，进一步说，他有点像一个人了，他的"鸡叫"使他和那个时候的反派人物区别开来了，那个时候的反派人物不是人哪，是妖魔鬼怪，为什么是妖魔鬼怪呢？这个问题我们后面还要谈。总之，周扒皮的坏超出了我们的想象，然而，说到底，又在可以想象的范畴里面。孩子们痛恨他，却喜爱这个艺术形象，他的身上存在着农民的身份认同和文化认同，爱占便宜，却又胆小，怕过分，当然还有狡诈。

　　是鸡叫构成了《半夜鸡叫》的"戏剧性"，是鸡叫折射出了周扒皮人性里的复杂面。"文革"中是没有所谓的文学的，我只能说，就在那样的文化语境里，《半夜鸡叫》多多少少沾了文学的一点边，因为它在不经意间多少反映了一些世态人情，虽然它是极不自觉的。

　　对小说而言，世态人情是极为重要的，即使它不是最重要的，它起码也是最基础的。是一个基本的东西，这是小说的底子，小说的呼吸。其实，这个东西谁不知道呢？大家都知道。但是，每当我们讨论文学的时候，不知道为什么，我们似乎总是容易忽略它。就目前而论，读者、批评家、媒体对中国文学的现状大多是不满的，话题很多，小说的文化资源问题，小说的可持续发展问题，作家的思想能力问题，作家的信仰问题，作家的人文精神问题，作家的想象力问题，本土与世界文化的关系问题，作家的乡村写作与城市挑战,作家与底层,图书与市场,作家的立场、情感的倾向,作家与体制的关系,作家的粗鄙化和犬儒主义趣味,还有小说家懂不懂外语的问题,很多。这些问题重要不重要? 当然重要。可以说每一个问题都很重要,每一个问题都可以让一代作家辛苦一个世纪。可是,我始终觉得,世俗人情这个问题多少被冷落了,我这么说有依据么? 有。我的依据就是现在的作品,是我的写作和我的阅读。

中国的小说进入二十世纪八十年代以来,小说的进展基本上体现在观念上。观念很重要,尤其是一些大的观念,观念的问题不解决,我们的小说就不可能是今天这样的局面。现在,我们的小说已经进入了一个"泛尺度"的年代,人们普遍在抱怨,小说再也没有标准了,什么样的小说是好的呢,什么样的小说是不好的呢,我们再也说不出什么来了。可这是好事。由一个强制的、统一的观念,强制的、统一的标准时代进入到现在的"泛尺度"时代,可以说,是二十世纪八十年代以来观念的争论、观念的辨析所产生的直接后果。"泛尺度"或"失度",它的根子不在今天,而在二十年前。文学没有崩坏,我们只是享受了当年的成果。我们应当为此高兴。至于看小说的人少了,文学没有以前热了,那个原因不在小说的内部,我们可以另作他论。

但是,二十多年过去了,在一些观念的问题上,我们当然还要争,还要辩。这是没有止境的。但是,我想说的是,观念的辨析,尤其是一些重要的观念的辨析也误导了我们作家,以为文学,尤其是小说,就是观念。只要站在观念的最前沿,作家就拥有了小说最先进的生产力。就如同我拥有了原子弹,你的手榴弹就再也不是对手了。文学不是这样的。

今天的小说最大的问题在哪里呢？我这么说当然首先是自我批评的，我认为，还是作品不扎实。"虚"，还有"漂"。多年以前北京有个说法，叫"京漂"，我看我们的小说，包括我自己的小说，很多都是"小漂"。写不动了，小说推进不动了，就所谓地"想象一下子"。我在答记者问的时候曾经就这个问题对"想象一下子"做过批评，后来遭到了反批评。说我不尊重想象力。我没有多大的能耐，可这个问题我能不懂么？我想说，想象力不是这么玩的。想象力绝不是小说推进不下去的时候"想象一下子"。那不叫有想象力，那叫回避。回避什么？回避小说的基本的东西，那些世俗人情。回避的结果是，小说中事不像事，人不像人。勒·克来齐奥写过一篇小说，叫《战争》。小说从头到尾没有一个事件，没有一个人物。诺曼底大学有一个文学教授是专门研究他的。他到南京来讲学，我说："你真的喜爱勒·克来齐奥么？"他的回答可爱极了，他说："我不喜欢，但是，他给了我一份工作，我可以永远地谈论他。"

世态人情是要紧的，无论我们所坚持的小说美学是模仿的、再现的、表现的，无论我们的小说是挣扎的、反叛的、斗争的，世态人情都是小说的出发点，你必须从这里起步，你必须为我们提供一个小说的物理世界。北岛说："卑鄙是卑鄙者的通行证，高尚是高尚者的墓志铭。"这是诗，即使只有这两行，北岛就可以有资格成为北岛。但是，同样是这两行，绝对不足以使北岛成为小说家。当然，人家也犯不着去做什么小说家。我用这个例子只想说明这个道理，如果北岛是小说家，我就有权利问他：高尚者姓什么？男的还是女的？为什么不愿意和人握手？额头上的那块疤是怎么回事？为什么不跟父亲姓？结婚了吗？有没有孩子？孩子过生日的那天晚上为什么要自杀？为什么要从城墙上栽下来？是自己跳下来的还是卑鄙者推下去的？为什么对卑鄙者说"我爱你"？墓在哪里？为什么是在法国？墓志铭的法语翻译成汉语是什么意思？谁写的？为什么没有署名？这些问题北岛就必须回答我，起码，他的作品要回答我。北岛没有理由用"我不相信"就把我打发了。

　　舒婷不是小说家，在我们聊天的时候，她对小说的创作有一个十分有趣的说法，她说："小说家是要'填空'的。"作为一个诗人，她说着了。有人说，由于文化形态上的差异，中国的小说，尤其是长篇小说，在大的结构上有先天的不足。我的看法正好相反，我觉得我们的烂尾楼特别多，顶天立地的，走过去一看，就一个空架子，有几个人影子在里面晃动，总觉得不像。还说这是"变形"。这样的话在八十年代是可以吓唬人的，在今天，吓唬谁呢？还是正视一下吧，在不算短的时光里，我们为文学提供了多少"人物"？我们的作品为什么是这个样子，是"填空"的工作没有做到位。我们要填。

　　写不好事，写不好人，最根本的原因是我们自己"不通"。一个作家不在生活的世俗场景上花工夫，把最基本的世态人情弃置在一边，然后，又贪大，这是相当危险的。不客气地说，很多作品一过了二分之一或三分之二就倒掉了。作家不是建筑工人，作品倒掉了，没有人来要求我们负法律上的责任，也没有人来扣我们的工钱。

托尔斯泰好不好,好。这个毋庸置疑。可是,撇开那些宏大的东西不谈,我们可以想一想,如果缺少了对"可怜的俄罗斯"的世态人情的有效把握,并通过世态人情的方式表达出来,即使老托尔斯泰天天磕头,把脑门子在地面上砸碎了也没用。我这样说一点也没有亵渎托翁的意思,相反,我崇敬他。

我为什么要说托尔斯泰呢?我只是想说,如果我们在"世态人情"这个地方做得好一些,即使我们不能成为小说的巨匠,伟人,我们起码把小说写得更像样子吧?这个也许是我们可以做到的。

结合一下实际的情况,我们来谈谈具体的作品吧。鲁迅有一部非常著名的作品——《药》,是被公认的鲁迅的代表作。这个作品可以说人人皆知。我们来看看鲁迅是如何去做的——

作品通过两个家庭——华家和夏家,"华""夏"代表我们这个民族了,华家出了一个病人,夏家则出了一个革命者。华家的病需要人血馒头,而夏瑜的血则通过刽子手最终变成了人血馒头。华家的人吃了,吃了也没用,于是,华家和夏家的人一起走进了坟墓。

鲁迅还有一个作品,《故乡》,我们对这个作品的熟悉程度差不多和《药》是一样的,在《故乡》里,"我"回到了老家,也就是故乡,遇见一个儿时的玩伴闰土。在这里我们要强调一下,闰土和"我"是儿时的玩伴,一起长大,是两小无猜的关系。可是,当"我"回到家,再见的时候,面对闰土的时候,那个遥远而又温暖的记忆仍还停留在"我"的脑海里并翻腾的时候,闰土出现了,对着"我"恭恭敬敬地喊了一声"老爷"。每当我阅读到这个

172

地方,面对"老爷"这两个字,我的心就咯噔一下。世态沧桑啊,物是人非啊。那么亲密的发小,仅仅是因为过去的时光,世道,怎么就这样了的呢?太让人伤心了。彼此就在眼前,却再也不属于对方了,和死了也差不多。

我们可以做进一步的分析,事实上,无论是对《故乡》还是对《药》,我们的前人都已经分析得很好了。尤其是《药》。无数的评论告诉我们,鲁迅在《药》里头要评估革命的失败,他要评估知识分子与民众的关系。为此,他不停地加以暗示,用尽了象征的手段。连"秋瑾"和"夏瑜"的名字都是对仗的。鲁迅在"听将令",所以他要做分析,他要做总结,他要告诉人们,改造国民的现状到底是怎样的,他要告诉人们,知识分子与民众之间的关系到底是怎样的。鲁迅给了我们一个结论——知识分子与民众是隔阂的。在这样的隔阂面前,中国的启蒙将是必须的,同时也是困难的。中国现状是两座坟。

鲁迅花了那么大的力气写出了《药》,一望而知的,处处埋了伏笔,写得很卖力,很硬,可是我认为,《药》里所表达的意思,《故乡》里都有。如果我们一定要说,鲁迅渴望表达知识分子与民众的隔阂,《故乡》又何尝不是这样的呢? 其实我想说的还是这样的一句话,《药》里头所没有的意思,《故乡》里也一样有。那一声"老爷"真是太复杂了,多么震撼,多么有力量,又是多么无奈,最重要的是,多么日常,许多人都可以遇上的,没有写出来,或者说,没有能力如此这般地写出来罢了。鲁迅的伟大,不只在《药》,还有《故乡》。革命是大事,比这个大事更大的,是世态。这里我就想起了小说的大和小的问题,有时候,小的小说也许比大的小说还要大。这里就牵扯到一个作家对生活的理解，对存在的理解了。

我曾经做过设想，如果我是鲁迅，我来写《药》，我会怎么写？两条线是必须的，为了"遵命"，我也许会把"夏家"作为主线，也就是所谓的明线，而让"华家"做副线，也就是"暗线"。为什么？这样更有力度，更能体现这个作品的目的，我为什么不把革命者直接拉出来呢？拿革命者做暗线，肯定和我的初衷相违背。这个道理鲁迅一定是懂得的。困难就在于，这一条线如果去"明写"，鲁迅写不动，他缺少夏瑜的日常面，他只能用小说的"技术"去处理。

鲁迅的小说才能是了不起的，尤其在短篇上面。可是，《药》写得费劲啊，我看到的是一个作家的郁闷和努力，这当然是可尊敬的，然而，请允许我实话实说，我觉得《药》"隔"。再看看《故乡》，是多么自然，一下子抵达了我的心坎。"老爷"，听得我难受死了。作为一个读者，我被感染了，有了共鸣，我觉得我的情感也很真实。不是吗，亲兄弟一样的人，不认我了。离开了真实的世态人情，《故乡》哪里能有如此生动的局面？

世态人情不是一个多么高深的东西，这个貌似不那么高级的东西，特别容易被我们这些小说家轻易地丢掉。有些东西就是这样，有的时候不觉得，一旦丢掉，它的麻烦就来了。我特别强调一些基础的东西，如果我们要使小说写得更加有生命力，我觉得世态人情是一个不可或缺的拐杖。这根拐杖未必是铝合金的，未必是什么高科技的产品，它就是一根树枝。有时候，就是这个不起眼的树枝，决定了我们的行走。在这里我甚至可以放一句狂话,任何时候,小说只要离开了世态人情,必死无疑。

有一句话或许我们听得特别多,那就是"作家要去深入生活"。这句话看上去对,其实也不对;这句话看上去不对,其实也很对。为什么这么说呢? 因为有一个问题我们没有首先弄清楚,我们所深入的生活是"怎样的生活",还有,"如何去"深入。不把这两个问题弄明白,正面去说、反面去说都是扯淡。如果你是"遵命"去深入的,天知道你能"深入"什么地方去。这方面我是有正面的和反面的经验的。

我记得我读过一本书,是关于"二战"的。有关斯大林和总参谋长朱可夫之间的事。这里面有一段文字特别棒,大意是:德国人兵临城下,到了苏联的边境,斯大林一筹莫展。朱可夫把地图拿过来,告诉斯大林应该如此这般部署。这时候,指挥部里有一名中级军官对朱可夫非常的不屑,反问朱可夫:"元帅,你怎么知道希特勒从那边过来?"朱可夫的回答非常特别:"我不知道。根据我的判断,德国人只能从那儿过来。"

他们的对话和小说创作无关,但是,这是我读到的有关小说创作的最好的阐述。小说的创作是什么? 如果让我来概括的话,我一定会引用朱可夫的那两句话:第一,我不知道;第二,根据我的判断,小说只能是这样。

一个作家打算去写一部作品,它的前提是什么,我想就是"我不知道"。是"我不知道"给了我们信心,是"我不知道"给了我们疯狂。"根据我的判断",我想这是斩钉截铁的。判断有它的意义,它使事件不再是事件,一下子上升到了现实的高度。因为有了判断,世界精彩了,小说也就有事情做了。

小说其实就是判断,做日常的判断,做理性的判断,做情感的判断,做想象的判断。在判断的过程中,小说得以展开,得以完成。作家在写的时候,他是一点点一点点地判断过去的,然后,作品中所有的人物各行其是,读者在读的时候,当然也是一点点一点点地判断过去的,他依靠作品中的事件、人物,高高兴兴地,或者悲悲切切地,考量生活的现实性与可能性。

现在的问题是,判断的依据是什么? 朱可夫说得很好了,他其实已经告诉我们了,他根据的就是"我的判断","我"就是依据。这有点不讲理了。其实,道理就在这里。这里就牵涉到一个问题,这个"我"到底有多大的自立性。

刚才我讲《半夜鸡叫》的时候留下了一个话题,那就是反派人物的妖魔化问题。这个问题现在看起来是简单的,那就是那个时候我们的小说要写一个人,好要好到什么地步,坏要坏到什么程度,这些看似最简单的工作,作家自己就是做不了主。有人会对你提要求。就说写一个坏人,不要说人物怎么走,就是用多大的篇幅,用多少字数去描述,都是有要求的。人物的形象在作家的脑海里还没有生成,其实在别人那里已经有了。作家在这个时候没有一点"我的判断"。如果有,也就是那一声可怜的鸡叫。

我们还可以把话题深入一些,我不知道朋友们注意到没有,在我们的当代文学里,始终存在着这样一种路子的小说,这一路的小说有一个基本的定律,我发明了一个概念,叫作"县长—书记定律"。这一路的小说有一对矛盾,那就是乡长、县长、市长、厂长和书记们的矛盾。如果上面的精神是抓政治,那么,书记一定是正确的,带"长"字的一定要倒霉,不是政治上出了问题,就是经济上出了问题,要不就是生活作风上出了问题;相反,如果上面的精神是抓发展,那么,书记就会出政治、经济或生活作风上的问题。这样的小说一直到今天,不少很有影响的小说走的还是这个路子。我们不能说这样的小说都不好,我也没有都读过,但是,我形成了这样的阅读记忆,这种路子上的小说作家的"判断"是不在场的,都有一个"别人"在代替作家。作家的判断力仅仅用在了故事与情节的组装上。

作家和任何人一样,永远也不可能没有压力,只不过由于生活的形态不同,压力的表现有所不同而已,过去是过去的压力,现在是现在的压力。现在的压力少么?版税、销量、媒体,这些都是。

人在压力底下容易失去判断,会用外部的力量来替代自己的判断,作家一旦不能"根据我的判断","县长—书记定律"就会出现,只不过主人公不再是"县长"和"书记"罢了。

也许我们会说,出现了这样的一个"定律"又怎么样呢?无非就是一个小说走向的问题,可是,没那么简单。因为这个虚假的走向并证明这个虚假的走向,小说所动用的所有材料就变得十分地可疑,作家的立场和情感也就变得十分地可疑,小说只能以违背世俗的常态为代价,这个时候,读者就有权利问了:你写的到底是不是我们的生活?

我就突然想起了张爱玲的姑姑评价张爱玲的一句话,你哪里来的这一身俗骨?我不知道张爱玲的姑姑是什么意思,可能是批评吧。似乎也不像。我们可以从张爱玲的转述里头看出一丝得意来。我也愿意从"俗骨"上看到非同寻常的意义。我们当然不知道张爱玲是一个什么样的人，但是，透过张爱玲的文字，我看到的是这样一个积极的意义，所谓的"俗骨"，是对日常生活的一腔热情，对世态人情的熟稔。它透彻，理解，领略，也许还有对基本生活的诚实。"俗骨"也许有许许多多的局限，但是，它有自己的主张，不肯让别人替代自己去判断，不容易受外界所左右。我认为这正是一个小说家的出发点。

这就是我所理解的"俗骨"，一个小说家的"俗骨"。这个"俗"是世俗的"俗"，是形态，而不是情态，不是市侩庸"俗"的俗。它们之间也许有联系，然而，更有质的区分。如果朋友们认为我在这里谈"俗"，就是号召作家做庸俗的市侩，这个账我是不认的。许多人的"俗"不是有"俗骨"，而是贱骨头。

我在年轻的时候是自信的，很可笑，我在写作的过程中有一种特别的判断，那就是，我认为作品中的主人公只有干"文学的事"我才会允许他进入我的作品，什么事是"文学的事"呢，其实也不知道，但是，有一点我是死心眼的，那就是他不能和饮食男女柴米油盐太贴近，一旦贴近了我就写不下去，就不好意思落笔，很害羞的样子。我就让我的人物做"草上飞"，还有"水上漂"。所以，在相当长的时间内，我的小说里头几乎没有一个像样的人物。

我又要说到《红楼梦》了，我们来看看曹老师的俗骨是如何在起作用的。第十一回里头，秦可卿病了，凤姐去看望她，在场的还有宝玉和贾蓉。凤姐先把两个男人打发了，和秦可卿说了一大通话，很抒情的，说到后来，"不觉得眼圈儿都红了"。我们可以从红着的"眼圈儿"打量凤姐的心情，以及她和可卿的关系。这些都是真的。离开的时候，凤姐到了院子里，曹雪芹当即就描绘了院子里的景色，凤姐女士"看着园中的景致，一步步行来"。在这里，空间的关系是紧凑的，人物的心理也是紧凑的，却脱节了。按理，凤姐的心情还沉浸在伤痛之中，可是，凤姐就是"一步步行来"。这也是真的。接下来绝了，凤姐遇上了贾瑞。一见面，凤姐从贾瑞的举止对贾瑞的目的就心中有数了，可还是和贾瑞调了一番情。贾瑞在哪儿出场不行？曹雪芹偏偏就安排在这个时候，一个刚刚探望过病人和友人的时候，太棒了。这里既写了贾瑞，也写了凤姐，使凤姐的内心多了一个维度。然后，凤姐干什么去了？看戏去了。一大堆的女人。更绝的来了。我以为曹雪芹在这个时候对凤姐的描绘是惊天动地的，她立起身，对着楼下看了一眼，说："爷儿们都哪里去了？"凤姐这个时候刚刚从秦可卿的病房里出来，贾蓉是她刚刚打发走的，她所说的"爷儿们"是谁呢？她的目光在楼下找谁呢？不知道。一个婆子说："爷儿们喝酒去了。"凤姐说："在这里不便宜，背地里又不知干什么去了。"凤姐为什么在这个时候说这个？她到底在想什么？为什么刚刚看完了病人想这些？这句话是《红楼梦》里的一个洞。这是一个小说之洞，文学之洞。尤氏在这个时候还拍了一个精彩的马屁，尤氏说："哪里都像你这么正经人呢？"

联想起"爬灰的爬灰，偷小叔子的偷小叔子"，这里对凤姐的描述可以说惊若天人，这是怎样的"花样年华"？这里一共就几百个字，曹雪芹什么都没说，什么都说了。你自己去看吧。天才呀，天才。伟大的小说家。世事洞明，人情练达。小说就应当是这样的,多么迷人哪!至于一部小说最终想表达什么,那是另外的一个话题了。

你一定要说曹雪芹有多么大的小说技巧,不见得。他没有读过《文学概论》,也没有读过《小说修辞学》。什么是技巧?小说本身没有什么技巧,如果一定要说有,都在世俗人情里头。是生活复杂的线性赋予了小说的跌宕,而不是相反。所谓技巧,在我的眼里无非就是作品反映出生活的质地、来龙和去脉,或形似,或神似。得"像"。怎么才能"像",作家不通世俗人情是不行的。我只能说,曹雪芹懂,曹雪芹通。因为懂得,所以慈悲。《红楼梦》就是曹雪芹一步一步地由"我不知道"判断着"推"下去的,越来越像,同时,越来越不像,只留下白茫茫一片,又苍凉又苍茫。除了眼泪,只有喟叹。除了日常,还有荒唐。叫人说什么好呢?

在这里我还要谈一谈加缪的《局外人》,这篇小说我特别喜欢,我已经多次在不同的场合说起它了。我们来看加缪是如何去做判断,一步一步将小说深入下去的。

小说的走向我们都知道,"我"的母亲死了,"我"就去奔丧,在母亲的遗体前,"我"喝了咖啡,吸了烟,后来"我"还和一个女人做了爱,都是对死者大不敬的举动。后来我因为意外杀了人,小说的第二部分就此展开了。"我"上了法庭。在阅读小说的时候,读者也是在判断的,读者的判断是,下一步,作品一定会围绕着法庭辩论而展开了吧?是的。是法庭辩论。可是,真正的小说出现了,法庭并没有论证"我"为什么杀人,有没有罪。加缪的判断是,法庭在这个时候必须证明"我"在母亲的尸体前到底有没有喝咖啡、吸烟、做爱。如果这一切得到了证明,那么,"我"只能是一个十恶不赦的家伙,"在心里就是一个杀人犯"。只要证明了"我"是"精神上"的杀人犯,"我"是故意杀人还是过失杀人就不重要了。加缪的判断是反世俗的,反常识的,然而,这种反世俗、反常识却构成了另一种恐怖世俗的景象,那就是荒谬。

我不知道我的看法对不对,我以为加缪有他的世俗梦,他的世俗梦被破坏了,所以,他要让作品中的人物自我放逐,他要出击,大打出手,铁定了心思要做一个"局外人"。这是沉痛的,和阿Q这个"局外人"想"同去"而不能一样是沉痛的。加缪用他的反向判断完成了《局外人》这一部杰作。他的思想,他的藏而不露的,或者,干脆就没有的情感都依傍在世俗情怀的侧面。

我的任务是讲一个小时,现在时间也到了,不对的地方请批评。我来总结一下,无论文学怎么变,小说怎么变,作家说到底还是要做一个懂得世态人情的人,作家的世俗情怀不能丢,别的再重要,这个根子都不能丢,要不然,小说很难立得住,小说的目的很难达得到。没有世俗人情的小说,不只是烂尾楼,还是危险建筑。一句话,如果文学需要一根拐杖,我想说,把贱骨头丢了,从最基本的地方做起,来一根"俗骨"吧。

文人的青春——文人的病

中国历史的生命史是颠倒的,先老年,后中年,再青春。一句话,中国人越活越年轻。这不是我的发明,早在一九〇〇年,激情四溢的梁启超就曾站在二十世纪的地平线上这样"一言以蔽之曰:欧洲列邦在今日为壮年国,而我中国在今日为少年国。"我们先把梁启超的一腔热血放在一边。我注意到,在一些人文著作中,中国的知识精英们一到了晚明突然变得天真起来了,灿烂起来了,澄澈而又灵动,飘逸而又自主,让我们看了都难受,我怎么就没有生在晚明呢? 当然,论述者并没有忘记补充,晚明文人的这种变化原因有二:一、专制;二、文人"自我意识"的觉醒与膨胀。其实,封建史数千年,专制何处没有? 何时没有? 关键是文人们自己醒了,像亚当偷吃了禁果那样,"铛"的一下,眼睛亮了。我产生了这样一种印象,嘉靖、隆庆之后的"我大明"不是中国文人的"孩提"就是中国文人的"青春"。晚明的文人成了中国史上的新人类,玩的就是心跳,玩的就是"酷",他们在晚明这条小路上来了一次大撒把。天真多好,灿烂多好,孩提幸福,青春万岁。只要别做李卓吾,杀头可不是碗大的疤,只要别做徐青藤,捣碎自己的睾丸有点疼。做一做纨绔子弟张宗子就不错,有精舍、美婢、娈童、鲜衣、美食、骏马、华灯相伴,夫复何求? 张大复也行,一潭水、一庭花、一枕梦、一爱妾、一片石、一轮月,逍遥三十年,实在无聊了,就弄点病生生,反正闲着也是闲着。明代好哇,它"觉醒"了,勃起了,它是中国文人的青春期。这一点逻辑上倒是说得过去,如果说,一九〇〇年的"我中国"是"少年国",那么,按照颠倒的逻辑,三百年前的"我大明"不是中国人的第一次梦遗又是什么? 晚明的文人天真烂漫,童趣盎然,通体透亮,一片冰心在玉壶。

当然,我们并没有说梁启超的激情业已构成后人修史的逻辑依据,事实上,我们的论述和梁启超的话题并没有多大关联。必须承认的是,后人们从晚明的背影里看到了天真,自然有其合理的因素。比方说,晚明的文人就有一张中国史上特别生动的脸。关于中国文人的脸,年龄不满四十的韩愈有过一番自我描摹:"而发苍苍,而视茫茫,而齿牙动摇。"这句话是经典性的,差不多成了中国知识分子面部表情的大写真。但是晚明的人们不。又是"本色"(徐青藤),又是"童心"(李卓吾),又是"性灵"(袁中郎),又是"主情"(汤义仍)。

但是我不相信。我只相信用"木马计"攻克了特洛伊城的古希腊人是天真的,是童趣盎然的,一个稚拙得居然把儿戏当作"计谋"的民族,再怎么欣赏自己的"刁滑",它也只能是稚拙的。同样,一个在儒、道、墨、法、释的大酱缸里浸泅了数千年的民族,到了它的末世突然羞答答地做起了稚拙状,这就和八十八岁的老太太剃起了童花头差不多了。与其说晚明的文人是天真的,毋宁说是表演天真,或曰,对天真的一次恶性戏仿。对任何人,我们不能听他们说什么我们就信什么。所以,面对历史,我们必须鼓起这样的勇气:一、以小人之心度君子之腹;二、先小人,后君子。只有这样,我们才能从最基础的层面上入手,完整而活泼地把握"人"的命脉。我不相信晚明文人的天真。我不相信他们的本色、童心、灵性、个体生命意识的觉醒,他们重复一万遍我也不信。他们比任何人都老于世故,他们的天真、本色、童心、灵性、个体生命意识的觉醒,其情态只是最成熟男人的酒后,佯狂、装疯作傻、佽疯作邪。直言之,是晚明的文人病了。只不过病得太久,病的人太多,他们就拿这种病当了常态。在病中,他们抓住了两项极为"个人"、极为"身体"的集体项目:一、酒;二、性。当酩酊与高潮来临的时候,他们迸发出了汪洋恣肆的生命动态,迸发出了灿烂绚丽的瞬时感觉,我想,不少人惊呼中国人的"个体生命意识"在晚明的文人身上业已"觉醒",或许就原始于此。

　　幸好我们有比照。在欧洲,文艺复兴差不多可以看成"人"的一次大觉醒、大解放了。"个体生命意识"在那个"产生和需要巨人"的时代得到了空前的大提升。晚明到底是不是我们的文艺复兴,我们不去做这种无聊的辨析。然而,要使我们的"个体生命意识"觉醒起来,以下三点是最为基本的,即:一、人本精神;二、"人"对未来的强烈希望;三、"人"对个体生命的坚定自信。晚明的文人生活在末世感与卑微感的双重阴影下面,借助酒与性进行了一次集体自残与集体自戕,硬把一个(或一群)自我放逐、自残与自戕的人说成"觉醒",听上去简直是挖苦。文艺复兴为我们人类留下了这样一个诗意盎然的定义:"宇宙的精华,万物的灵长",定义者是伟大的莎士比亚。晚明文人眼里的"人"又是怎样一种黯淡呢？费振钟在他的《末世幽默》中曾有一段深刻的评说："人在历史强力面前，是那样的微不足道，这种人与生存世界之间的巨大反差，张岱在他写于崇祯五年十二月的《湖心亭看雪》笔记中，比喻得十分清楚，那种借着自然的广大无垠而把人在其中戏为'两三粒而已'的黯然，正是人生之渺小情态的流露。"人只有"两三粒"，还"而已"，晚明文人的关于"人"的伤叹，由此可见一斑。还是让我来引用费振钟的另一段话吧："明代文人在试图从理学突围出来的过程中找不到宽阔的出路，于是只能退回到内心方寸之地讨生活。因此明代文人，在思想识度上往往一味局限在一己性情范围内，认识自我生活的自由意义，这样他们的个性就越来越走向内在化、趣味化，他们也可能会旷达，但是这种旷达，不是从更加无所畏惧的精神自由的意义上表现出来的生存境界，而是在拒绝外在拘束的借口下，对身外世界的冷淡和疏离，也就是明代文人所谓的个人身心到了'极无烟火处'。"此言极是。也许，晚明文人的真正觉醒，只是看到了一点："人"已不再是自身的目的，只是自己的工具，甚至玩具，如是而已。

晚明文人并没有给我们带来觉醒。那么现在，我们也许该真的来谈一谈专制了。应当说，晚明文人的非常态，专制是导致这种非常态的原因之一，这一点我原则上不反对。但是，我似乎又不能同意。封建文人果真就那么反感与惧怕专制么？我看倒是未必。别的不说，仅仅一部"中国文学史"，就有相当一部分是"没做稳奴隶"的长吁短叹。常识告诉我们，历朝历代的文人真正惧怕的可能倒不是专制，而是失去了被专制的机遇与身份。

他们最恐慌的是被专制所遗忘,所埋没。说得文气一点,是"英俊沉下僚",这才合于封建伦理与封建文化。可以认定,封建时代并无制度关怀,所关注的唯有帝统与宗法。一部《桃花扇》已经极其戏剧化地说明了这个问题,只要是正统的"天子",他们就必须乐于服从(效忠、规劝、死谏),不正统的则与贼无异,事之则豕狗不如。封建文人从来就没有反抗封建文化的使命,相反,封建文人最大的天命就是维护这种文化,其中最重要的当然就是帝统的正宗性。而我认为,明代文人的整体堕落,正是维护这种正宗性的全面失败。

说起"帝统",我们就不能不涉及大明帝国的那些"天子"了。无论从"宗法"还是从"道统"加以考察,明代的帝系都堪称中国历史上的搅屎棍。混乱的"宗法"给明代的文人投下了极其巨大的阴影。先是四年"靖难",尽管胡适先生说,成祖朱棣的流氓行为"最像他的老子",但是,成祖的皇位毕竟是从他的侄儿手中抢得的,不是大行皇帝的指派,这无疑就注定了方孝孺的非命。接下来就是英宗朱祁镇与代宗朱祁钰哥俩又上演了中国历史上唯一的一次"复辟"戏,这一回死去的是于谦他们,再接下来就是旷日持久的嘉靖的"大礼仪"闹剧了。在这些周而复始而又旷日持久的混乱当中,我们到底看到了什么呢?从明代献出了包括方孝孺、铁铉、陈笛、史景清、于谦、王相等人在内的上千颗脑袋上,我们看到了明代文人维护"帝系"的纯洁性比维护性命更加顽固的决心。明代"宗法"的大混乱,对明代的文人来说,其影响远远超出了我们的估计。但是,这一切并不致命,对明代文人构成致命一击的,不只在混乱的"宗法",而在

"道统"的大崩,朱家父子们把大明帝国当成了世界上最大的一座妓院,他们在这座妓院里不仅当上了首席嫖客,他们甚至兼起了吧台掌柜、流行歌手、戏子、蛐蛐赌徒、虐待狂、受虐狂、木匠、修理工、春药的义务试验员,游龙戏凤、游凤戏蛇。在他们被女人掏空了身躯之后,他们被没有睾丸的男人扶回了大内,用静心"斋醮"来打发他们的不朝期。于是,从此君王去斋醮,三十八年不上朝。这时的大明帝国,真是问茫茫大地,还有几许祥瑞,看浩浩苍天,尚存一穹青词。有一个细节我们是不该忽视的,当皇觉寺的出家和尚朱重八做了大明帝国的开国皇帝之后,他的子孙们并没有把他们的热情过多地给予佛教,相反,却对道教如醉如痴。明世宗对方术、青词、斋醮的执迷说明了这样一个基本事实:朱元璋的子孙们对佛家的"普度众生",虚弱到哪怕连"作秀"的热情与力气都没有了。他们舍弃了"我不下地狱谁下地狱"的佛家精神,急着想要的却是"我不成仙谁成仙"的道家精髓。其实,所谓"道教",说穿了只不过是他们枕边不可或缺的一粒"伟哥"。这一来问题终于出来了,"道统"的大崩,直接造成了这样一种局面,即"天子"的专制改变了形式(本质当然还是一样的),直接面对晚明文人的,是斋醮票友(如严嵩)的专制,是锦衣卫的专制,是阉人"二姨妈"(如魏忠贤)的专制,一句话,是奴才的专制。人主的专制固然是可怕的,而奴才的专制却更为恐怖。也就是说,令晚明文人们真正汗不敢出的,绝不只主子,更多的是奴才。同时,这种奴才的专制也使晚明的文人们一下子失去了人生的目标与意义。晚明文人们真正绝望了。除了狂、痴、癫、疯、病,晚明的文人们看不到任何终极意义,看到的只是终点,也就是末世。概之,晚明文人的病,既不来自于君主专制,更不是什么"觉醒"。而是第一,因"宗法"的混乱所带来的极度恐惧;第二,因"道统"的大崩而形成的彻底绝望。这二者构成了晚明文人身上浓郁的、挥之不去的"世纪末"状态,也就是狂放的玩世不恭。

狂放的玩世直接导致了这样一个恶果,他们使整个明代社会失去了最有力的增长点。知识分子的堕落才是一个社会彻底的和最后的堕落。堕落的标志是对真正的"人"的"零度"冷漠。有人说,如果满人不入关,晚明会"自然而然"地把我们的历史带向近代。事实上,在徐渭击碎了他的睾丸之后,整个晚明还有什么可供我们击碎?当吴三桂打开山海关的时候,清兵以百米冲刺般的速度踏进了大明的紫禁城。这不是一场战争,它充其量只是一次权力交接的仪式。它的意义恰恰是把奄奄一息的专制交给了精力充沛的专制。

封建文人的最大理想依然是"做稳奴隶",说到"人"的"觉醒",只能是"五四"之后,尽管"'五四'提出的问题,直到现在还没有解决"(于光远)。只有真正的"觉醒",真正意识到"专制"作为"制度"的残酷,人才有"类"的意义,人的所有努力才称得上现代性。在此意义上,我赞美伟大的预言家梁启超,尽管他后来又忙着保皇去了。

VI

好看的忧伤

三十九年前,也就是一九七〇年,我可以清晰地记得,那是夏天的一个傍晚。一个小伙伴来到河边,急匆匆地把我叫上岸来。——我们长期坚守一个约定,无论是谁,只要碰到有趣的事情,彼此都要通知。我被我的小伙伴叫上来了,一问,村子里来了一个奇怪的人,是个女的,她不停地说话,却没有一个人能听懂她在说什么。

我和我的小伙伴就开始跑,在奔跑的过程中,我们的队伍在壮大。这也是乡村最常见的景象了,孩子们就这样,一个动,个个动。等我们来到目的地,一群孩子已经拉出了一支队伍,把当事人的家门口围了个水泄不通。

村子里真的来了一个奇怪的人,是个女的。等我们来到这里的时候,这个女人已经不说话了,她说过了,哭过了,现在已经疲惫了,她在休息。显然,她是不受欢迎的,她的屁股底下没有板凳,她只是就地坐在一只石磙子上。然而,尽管屁股底下没有板凳,我们也不敢小觑她——她雪白的衬衣,她笔挺的裤缝,她塑料的、半透明的凉鞋,尤其重要的是,她优雅而笔挺的坐姿——毫无疑问,她是个城里人。这个城里的女人就那么坐在石碌子上,一动不动,满脸都是城里人好看的忧伤。

老实说,我不是看城里人来的,我也不是看忧伤来的,我一心想听她说话。我的小伙伴一直在气喘吁吁地告诉我,她的话"一个字"都听不懂。——这怎么可能呢。

我的小伙伴的话很快就得到了证实,休息好了,女人跷起了她的腿,开始说话了。她的声音并不大,但是,在寂静的乡村黄昏,我想我们每一个人都听见了她的"说"。她一个人说了很长时间,真的,我们一个字都没有听懂。——她的"说"还有什么意义呢?她的"语言"还有什么意义呢?毫无意义。

我很快就注意到了一件事,那就是,我们的周围没有一个成年人,甚至连房子的主人都不在,他们家的小儿子也不在。乡下的孩子往往有一种特殊的本能,他们可以从成年人的角度去看待一些事情。我很快就知道了,人们其实在回避这个城里的女人,她来到我们村绝对不是干好事来的。

她究竟是干什么来的呢?女人一直在说,说着说着,她再一次哭了。城里的女人是"不会哭"的,她们只会流泪,只会发出一些痛苦的声音。乡村女人的哭就不一样了,她们的哭有固定的节奏,有确切的旋律,边哭边说,准确地说,是"哭诉"。她们的哭有许多实际的内容,而不只是悲伤的情绪。——正因为城里的女人"不会哭",她们的哭往往叫人揪心。

我很难过。我注意到她企图问我们一些问题,但是,谁知道她说的是什么呢?事实上,我们也和她说话了,但是,她同样听不懂我们的语言。我们近在咫尺,其实来自不同的世界,仿佛阴阳两隔。

也许是由于绝望，城里的女人最终坐在了地上，她躺下来了，她在地上一心一意地哭。她彻底顾不上城里人的体面了，像一个泼妇一样在地上打滚。她一边滚一边说。此时此刻，我们只是知道了她的痛苦，却永远不知道她为什么痛苦。我至今记得那个夏日的午后，一个陌生的、城里来的女人把她所有的悲伤留在了我们村。没有人能够帮助她，没有人知道为了什么。

　　这个女人后来是自己爬起来的，她掸了掸土，整理了一番头发，一个人离开了。她再也没有在我们村出现过。

　　但我们还是知道谜底了，事情一点也不复杂，她是来寻找她的儿子的。那个我们都认识的、没有露面的小男孩，其实是她的儿子。

　　她的儿子是被拐来的呢还是她和某个人私生的呢，我没有得到进一步的消息。村子里所有的人都对这个问题三缄其口。偶尔也会有人提起那个孩子的身世，但是，言说的人一定会得到阻止。这阻止不是大声的呵斥，而是一种不动声色的目光。是告诫。——这也是乡村的又一种文化了。

　　好多年之后，我意外地得到了那个城里女人最后的、也是唯一的资讯，她是江南人，她来自苏州。

　　现在，我用一句话就可以把三十九年前的那件事说清楚了：三十九年前，一个苏州女人来到苏北的一个村庄寻找她失落的儿子，没有人能听懂她在说什么，她最终消失在我故乡的夜色里。

　　苏州与我的苏北村庄相隔了多远呢？说出来很吓人，也就是两百公里。

　　但是，在这"也就是"两百公里的距离之间，有一样东西，它叫长江。毛泽东有一句诗,是描绘南京长江大桥的,曰:"一桥飞架南北,天堑变通途"。毛泽东的诗一直都是这样,气度非凡。但是,诗歌的气度往往有一个前提,那就是意象的开阔。毛泽东所选用的意象是什么?是长江。这是一条绵延的、深邃的水,它划分了南中国与北中国,长江还不只是绵延的、深邃的水,它还有别样的意义,它同时承担着中国历史的分野、中国语言的分野和中国文化的分野。一个国家,一个民族,当她的文化具备了丰富性的时候,这文化必然是多样的、多元的。丰富啊丰富,你是华光,也是业障。所以,在整个农业文明时期,长江它不叫长江,它叫天堑。天堑,它强调的是分,刀劈斧凿一般,狠刀刀的。它具有洪荒的、绝望的气息。

当洪荒的、绝望的阻隔之间出现了连接,我们可以想象一个浪漫主义诗人的豪迈。诗人说:天堑变通途。几乎就是脱口而出。这是一种令人喟叹的欣喜,它所指的不再是分,而是交流上的无限可能。

可事实上,无论是科技还是人文,就我们人类所达到的高度而言,"天堑变通途"的可能性早就存在了,我们只是习惯于蔑视交流的可能性。我们一边在建造大桥,一边在积极地划分"两个世界"或"三个世界"。两个世界,三个世界,一个优雅女士的就地打滚,一个伤心女人破碎的心。

三十九年过去了,我现在居住在南京,沿着我的窗户望出去,脚底下就是长江。它不是天堑了,再也不是了。它只是一条江。老实说,我是喜欢这条江的,它是我最好的风景。可是,在风景的远处,我始终能看见一个苏州女人,她在"说",一直在"说"。

青梅竹马朱燕玲

在我所有的朋友当中,最具戏剧性的朋友是朱燕玲。

一九八九年,那时候我还没有在刊物上发表过一个字,我把我的一个中篇寄到《花城》编辑部去了。和我所有的稿件一样,我的小说在《花城》编辑部那头没有任何消息。——后来我知道了,一九九〇年的下半年,《花城》编辑部的稿件业已堆积如山,都摞在地板上了,他们决定"清仓"。戏剧性就在清仓的这一天出现了。一个年轻的女编辑动了恻隐之心,想,再翻一翻吧,也许还有合适的稿子呢,别漏了。她就蹲在地板上,一篇一篇地翻。这一翻就把一个叫《孤岛》的小说给翻出来了。这个年轻的女编辑就是朱燕玲,而《孤岛》就是我的处女作。

从理论上说,这个时候我应当花上冗长的篇幅来赞美我的伯乐才对。可是,我有更重要的话要说。朱燕玲蹲在地板上,做出了一个匪夷所思的判断,她认定了《孤岛》的作者是"七十来岁的样子"。她给我来了一封信,语调是客套的,也许还是尊老的。我读着她的信,看着她又瘦又硬的笔迹,同样得出了匪夷所思的结论,朱燕玲有可能五十出头了。之所以没敢把她猜得太老,因为每一个人都知道,六十岁是要退休的。所以,我克制了我的喜悦,给朱燕玲回了一封信,语气更客套、更尊老。两个"老人"就这样有了书信上的来往,彼此那个客气的啊,像款款的夕阳,温馨又从容。

终于有一天,朱燕玲要来南京了。我问她到南京"有什么事",朱燕玲用她又瘦又硬的笔迹告诉我:"我回家,我就是南京人哪!"天哪,这么巧,她居然就是南京人。她在广州,我在南京,因为一篇小说,我们终于走到一起来了。

我们就这样在南京见面了。我骑了足足有一个小时的自行车。这真是一次戏剧性的见面,我们都惊讶于对方的年轻。因为年轻,又因为燕玲太漂亮,我一下子就不知所措了。要知道,在心理上,我已经做好了和"长辈"见面的打算,可结果呢,燕玲只有二十多岁,差不多和我同龄。——作为一个年轻的作者,我多么渴望我的伯乐是一位白发苍苍的、满面皱纹的、德高望重的长者。可燕玲这么小,这么漂亮,很不对劲了。我的虚荣心受到了挫折。你朱燕玲怎么也不该是《花城》编辑部的编辑。

我终于被这样的结果弄得古怪了,也许燕玲也一样地古怪。燕玲说,"坐吧",我就坐。燕玲说,"喝水吧",我就喝水。我记得整整一个下午我都"坐"在燕玲家的客厅里,认认真真地、同时还全力以赴地"喝水"。在这里我有必要交代一下当时的文化背景,那时候,年轻可不是什么好东西,每一个年轻人都眼巴巴地渴望着自己能够老一点,——只有这样,我们才能够够"分量"。燕玲对我有知遇之恩,她年轻,我不能责怪人家什么,那么,剩下来的我只有自责了。我居然利用小说把自己弄得很有"分量",我对不起燕玲。

我和燕玲的第一次见面就这样不淡不咸地收场了。不久，我得到了消息，燕玲马上就要到加拿大去了。老实说，我对燕玲的出国一直不以为然，你一个读中文的，你一个做中国文学编辑的，你去加拿大做什么？当然，这里头的私心毋庸置疑，——你一走，谁还能欣赏我的小说呢？

　　作为一个写小说的，我要说，遇上燕玲实在是我的幸运。她的认真和善良帮助了一代又一代的文学青年。她不能容忍任何一个小说家在她的"手上"被埋没了。她的眼光始终与众不同。她从来就不相信所谓的名气。如果不是这样，又怎么可能有我呢？我当然不会认为我有多么了不起，但是，有一句话我必须要说，没有朱燕玲就没有我。我至今保留了她以《花城》编辑部的名义给我写来的信。假使当初没有这封信，我现在是怎样的呢？老实说，我很后怕。要知道，在燕玲发表我处女作的时候，退稿已经退得我快发疯了。你越是有信心，你越是要发疯。是燕玲第一个从黑暗当中向我伸出她的手。

　　燕玲后来还是从加拿大回来了，又回到了她的《花城》编辑部。有一件事燕玲是很丢人的，她在加拿大待了那么长的时间，居然不会说英语。我问她为什么，她说，她一直生活在香港人的圈子里。她还十分自豪地告诉我："我的广东话有了很大的进步了！"嗨，一个人在加拿大待了十几个月，所取得的进步居然是广东话。燕玲是一个什么样的人，我大致上知道了。

　　燕玲在广州，我在南京。照理说，我和燕玲能够相识，命运对我已经很关照了。可是，没完。我已经说过了，在我所有的朋友当中，朱燕玲是最具戏剧性的一个。一九九九年，我在南京买了新房子。新房子的地点很不错,楼群的下面有一个巨大的广场。二〇〇〇年的某一天,我带着孩子在广场上散步,突然发现一个女人朝我走来了——她的手上同样领着一个孩子。她在对着我微笑。我认识这个女人的,我一定认识这个女人的,可我就是不敢相信。好半天之后,我确信了,她是燕玲。我们本来已经约好了,第二天的下午到茶馆里见面。可是,老天爷没有让我们等。老天爷在家门口以一种家常的方式让我们见面了。我惊喜地问燕玲,你为什么会在这里?燕玲说,她的父亲在这里买了房子,——你为什么会在这里?天哪,天底下会有这样巧合的事么?如果这个故事是一个小说家写的,我会谴责这个小说家的低能。可是,生活就是这样。原原本本的,就是这样。我和燕玲居然在南京做起了邻居。我一把拉住燕玲,说:“我们可真是青梅竹马。”燕玲完全同意我的看法。是的,青梅竹马。都这样了,不是青梅竹马还能是什么?

现如今,到了假期,燕玲就要飞到南京来。我们时常会在楼下的广场上不期而遇。有时候,我、我的太太、我的儿子会和燕玲一起到她的家里去;有时候,燕玲则会带着她的孩子到我的家里来。两个孩子有玩不完的游戏,燕玲则和我的太太有说不完的家常话。这时候,我往往是多余的,孤独的。但是燕玲,我喜欢这样的孤独。我希望你经常到我的家里来,吃吃家常菜,说说家常话。

就因为写作,燕玲,我有了你这样的朋友,我们一家都有了你这样的朋友。谁说一个作家的写作只是写出了几部作品?我爱写作,是写作拓宽了我的整个人生。

最后我要补充一句,年轻的朋友们千万不要以为我和燕玲是青梅竹马就委托我给《花城》寄稿件。没用。我都试过好几次了,燕玲没给过我一次脸面。唉,在稿件面前,这个女人真是六亲不认的。

上海的向黎静悄悄

眼下的潘向黎可不是什么"著名作家",她正在南京大学读博士。她怎么会到南京大学读博士的呢?这里头还有一个小故事。

熟悉中国教育体制的人都知道,在中国,你要读硕、读博,专业是第二位的,最为关键的是你的外语。外语过了,你也许能过,你要是在外语上摔倒了,你就再也爬不起来了。

我是一九八七年本科毕业的,虽然一直在写小说,可是,读书的心一直没有死。我的父亲一直瞧不起写小说的,在他的眼里,十个小说家也抵不上一个学者。写小说玩的是腿脚上的"花活",只有读书、做学问才是实打实的真功夫——这就是他老人家的价值观,到现在也没有改变。

我和我的父亲的关系有一度相当紧张,父亲反对的儿子就要支持,儿子反对的父亲就说好。"拧巴"到最后,等我到了一大把年纪,我终于发现了,潜移默化和耳濡目染的能量相当恐怖——我在骨子里特别希望自己是一个学者。二〇〇六年,就在我写《推拿》的前夕,我做出了一个重大的决定,先把写小说的事情放下来,好好读几年书。

我把我的想法告诉了丁帆教授，丁老师很支持。他关照我说，好好抓外语。我记得那是一个非常混乱的酒席，我给丁老师敬了酒，心情酣畅。这时候不知道是谁正在和潘向黎通话，我一把抢过手机，语重心长地说："向黎，我想到丁老师这里读书，你也来，是吧，做我的师妹。"

　　我努力过。但是，很惭愧，看了南京大学先前的英语试卷之后，我没有去报名，没有意义的。突然，有那么一天，我家的电话响了，是向黎。她说，她明天到南京来报到。我问她，报什么到？她说，咦，你这个人，在装吧？我没装，老实说，我忘了那个电话了。问清原委，我对向黎说，潘老师，你不是我的师妹，你是我老师。

　　向黎就是这样的，不声不响，最后，她总能走在前头。

　　我不会说潘向黎来南大读博士是因为我的鼓动，事情当然不会是这样。但是，以她的资质，她做什么做不成呢。她的外语好哇。我听过向黎和日本人说话，嘴巴里像熬着糯米稀饭，咕嘟咕嘟的。

　　说起日语就不能不说日本，向黎在日本留过学，我以为她的身上有一些特殊的气息。比方说，礼貌。礼貌有什么可说的吗？有。在我的眼里，礼貌是一件无比重大的事情，它关系到你如何对待别人，也关系到你如何对待自己，说白了，它关系到你如何看待人生。向黎一直以珍惜和讲究的方式对待别人和要求自己，她让人舒服。和向黎在一起，你永远如沐春风，这就是我想说的。她可以穿西服，也可以穿唐装，但是，她是平和的，和蔼的，和气的，她的气质就是她身上的"和服"，我永远欣赏和尊敬彬彬有礼的人，即使在剧烈的对抗中，我也不喜欢一个人身上的粗鄙。向黎在很长的时间内都可以保证她友谊的品质。

向黎这样天性的人适合创作吗？这要看。我可以武断地说，如果文学处在一个"乒乒乓乓"的乱世，向黎这样的作家最容易被埋没了。她不来刺激，她不可能耍大刀，她不肯扭着"S"形腰肢摆 pose，她丢不起那个人，所以，她注定了不可能"脱颖而出"。向黎是幸运的——她适合于文学的萧条、末世，她需要外部的眼光曾经沧海，她需要静。只要她静下来，她的机会就来了。向黎这些年获得如此的好评，这委实不是她全部的功劳，是看小说的人有品位了，有眼光了，有能力了。末世出珍品，真的是这样。

什么叫天时地利？说白了就是你的才华和外部的气息对头。文学越来越没劲了，一个个都火眼金睛的——谁还没看过呢？对向黎这样知道珍惜和一直讲究的人，空间却无比地宽阔。她用心、用功，她作品的味道是她自己熬出来的。清水、白菜，把白菜丢在清水里头有意思吗？没意思。可是，如果它们放在一起，用火煮，煮出来之后清水还是清水，白菜还是白菜，你试试看。这里头的专注、火候、分寸，哪一样也随便不得。

文学的末世也是不声不响的，在不声不响里头，上海的向黎静悄悄。等你注意到她的时候，她一定在前头。

王彬彬断想

　　人多的地方王彬彬不太喜欢说话,他的脸上总是挂着一副王顾左右的神情,交替着打量每一个人,目光懒散得很,眼珠子一会儿从左移到右,一会儿又从右移到左。然而,话题一旦出现分歧、对峙,王彬彬的眼神立马就聚焦了,很缓慢地打起手势,说:"是这样的。"这就是说,王彬彬要开口说话了。随后就是一二三四。在这一点上,王彬彬和同属原南京军区的小说家朱苏进有着惊人的相似。看来,中国人民解放军的"三大纪律八项注意"还得加上第九条:"语不惊人誓不休。"

　　因为人高马大,王彬彬的举手投足总是慢条斯理的。只要一抬腿,王彬彬就会迈开他的四方步,玩他的"宏大叙事"。我想,如果有一颗"飞毛腿"导弹落在他的身边,王彬彬一定不肯撒腿狂奔的。偶尔遇上熟人,王彬彬就要微笑着向人家点头,亲切得要了命。所以,我们不太愿意和王彬彬在军区大院里一同走路,只要你的手脚一麻利,你就成了"将军"身边的通信兵。当然,我说的是背影,面对面你是不用担心的,将军的脸我们在电影上见多了,人家玩的是"胡天八月即飞雪"。

同在南京，说起来我和王彬彬见面的机会真是少得可怜。我懒得出门，而王彬彬更是整天把自己关在家里，写作，业余时间看书，要不就是看书，业余时间写作。这个人不泡吧，不搓麻将，不玩棋牌，不说"段子"，没有"故事"。我就弄不懂他的身上哪里来的这么大的定力。偶尔通通电话，我说，忙什么呢？他的回答永远是一样的，还能干什么？看书。我说，怎么还在看呢？他在电话的那头伸起个懒腰，拖声拖气地说，不看是不行的。

　　这么说王彬彬是一个慢条斯理的人啰？这么说王彬彬永远静若处子啰？否。今年六月，我到南京大学去听王彬彬的讲座，开始的几分钟还好，他有板有眼的，神静气闲的。没多久，这个人"露"了。他激荡、刚烈、无畏、敏感而又锐利。他的声音与手势都大得惊人，两条腿在三尺讲台上来来回回。在他激动、偏执同时又在学生面前斟字酌句的时候，这个人的身上有一种痛、一种焦虑、一种愤怒。这就是为什么他的研究领域离"文学"越来越远，而离真正的社会越来越近的生理缘故。

　　这个人的这一辈子注定要被焦灼所缠绕。我想，他几乎把所有的时间都用在了读书与写作上，或许正是这种焦灼的直接反应。他太想弄明白，他太想知道这个世界为什么"是这样的"而"不是那样的"。这个人一定会累上一辈子。因为这种焦灼的"第一动因"不是来自于外部，相反，它来自于自身的气质，气质的力度与气质的偾张。

　　我想，王彬彬的焦灼还有可能来自于生命的紧张感，这种紧张表现为极为沉重的使命色彩。这样一来,这个人对时间与生命理所当然地采取一种挤压式的生存姿态。因而,他选择了迅速与明朗的文风,同时也采取了一种内敛和简约的生活。

有一次我们在一条游艇上游览,四五十个人,整条船都乱哄哄的,大家都在娱乐。他在用姊妹对吊将,你在打生死劫。我们玩得正投入,这时候不远处传来了一声诘问:"陀思妥耶夫斯基呢?"许多人都停下手里的棋牌四处找说话的人。说话的人是王彬彬。我敢打赌,说话的人一定是王彬彬。

激情是王彬彬生命中的一把双刃剑。

王彬彬一九六二年十一月生于安徽安庆,本科就读于解放军外国语学院,专业是日本语。毕业之后他被"分"到了部队,有一年多的时间他就被摁在大别山的山沟里头。无论从大处说还是从小处说,心气极高的王彬彬都不肯在那样的地方了此一生的。一九八六年王彬彬考取了复旦大学,做了潘旭澜老先生三年的硕士生,又当了三年的博士生。后来他就到了南京,再后来我们就认识了。

我并不认为自己的嘴巴有多直露,但是,总是有朋友提醒、批评。我只好默认。然而,在我看来。王彬彬的嘴巴比起我来还要直露。举一个例子,今年上半年,我曾在北京一家报纸的副刊上发表过一篇小短文,王彬彬不同意我的观点,晚上打来了电话,这个人告诉我看过我的文章之后,劈头盖脸就是这样一句:"这篇文章不好。"我实在没有料到王彬彬会给我来"血染的风采"。这个电话让我难忘。这个电话同时还让我踏实。这倒不是我有"闻过则喜"的圣德,我是说,如果王彬彬赞美你的某一样东西,至少说,他是真心喜欢。不能掩恶与不肯虚美,这两者是合二为一的。你可以不同意他的观点,你可以不接受他的直露,但是,这个人是诚实的。诚实,是的,不过我认为,诚实或许并不是王彬彬的道德自律,也许他还把它看成了一种修辞格式,王彬彬想获得的,可能还有美感。